CW01544249

クェーサーと13番目の柱

阿部和重

講談社

クエーサーと13番目の柱

輝く星に心の夢を
祈ればいつか叶うでしょう
きらきら星は不思議な力
あなたの夢を満たすでしょう
リー・ハーライン&ネッド・ワシントン
「星に願いを」(島村葉二訳)

女王はお亡くなりになったよ
ああ何て悲しいことだろう
ザ・スミス「ザ・クイーン・イズ・デッド」
(小林政美訳)

1

プリンセス・オブ・ウェールズこと、ダイアナ元英国皇太子妃の死亡が宣告された日時は、一九九七年八月三一日日曜日の午前四時と報じられている。

パリ市内にあるラ・ピティエ・サルペトリエール病院の集中治療室で、彼女は息を引きとっている。

その三時間四〇分ほど前、ダイアナ元妃は恋人のドディ・アルファイドとともに黒塗りのメルセデス・ベンツS280に乗車し、オテル・リッツ・パリを出発している。

人目を避け、リッツのインペリアル・スイートでルームサービスをとり、ディナーを済ませたふたりは、アルファイド家所有のアパルトマンへと隠密裏に帰ろうとしていたのだ。

運転は、リッツの警備部門副主任の立場にあったアンリ・ポールが担当した。

助手席に座っていたのは、ドディ・アルファイドのボディーガードを務めていたトレヴァー・リース・ジョーンズ。

彼らの使命は、後部座席で身を寄せあう超VIPカップルを、アルセーヌ・ウッセー通り沿いのアパルトマンへと安全かつ迅速に送り届けることだった。

それに加え、バイクを駆って追走しながらシャッターを切りまくるパパラッチの集団にチャンスをあたえず、うまく逃げきることがもとめられてもいた。

しかし結果は最悪なものとなる。

午前零時二〇分に、ホテル裏手のカンボン通りより走りだしたベンツS280は、リヴォリ通りからコンコルド広場を経てクール・ラ・レーヌ通りを疾走し、アルマ広場下のトンネルへと向かう。

その間、ベンツS280は危険な加速をつづけた末、追手の一部をはるか後方に引き離す。時速三一マイル（時速約五〇キロ）に速度制限された道路で、運転手アンリ・ポールは時速六三マイル（時速約一〇〇キロ）までスピードをあげていたのだ。

アンリ・ポールは当初、アルマ・トンネルには入らず、入り口の手前から異なるルートへそれるつもりで運転していたと見られている。

だが依然、五台のバイクに追尾され、やがて追いついた幾台かには行く手をさえぎられてしまう。そのためプリンセスら四人の乗ったベンツS280は車線変更ができなくなり、トンネル内へと直進せざるを得なくなったのだ。

この、追手に進路を狭められたなかでの無闇な速度超過が命とりとなる。

ベンツS280が、アルマ・トンネルへと進入する直前に出していたスピードは、時速七四マイル（時速約一一九キロ）から時速九七マイル（時速約一五六キロ）のあいだだったと言われている。

それほどの高速度で運転をおこなっていたアンリ・ポールは、トンネルの入り口にさしかかった際、前方をのろのろと走っていた白いフィアット・ウーノをよけきれず、軽い接触事故を起こしてしまう。

その影響でさらに進路がふさがれてしまうが、アンリ・ポールはブレーキを踏まずに乗りきろうとする。二度目の接触を回避するべく、フィアットを強引に追いぬいたベンツS280だったが、進路上にまた別の車が一台あらわれる。

当の車——シトロエンBXをよけるために、アンリ・ポールはとっさにハンドルを左へ急回転させる。

するとそれにより、ベンツS280はスリップして制御不能となってしまう。

今度は前方から、中央分離帯の白く四角い柱が物凄い勢いで迫ってくるが、アンリ・ポールはここでシフトミスを犯してしまい、ベンツS280はなおも暴走しつづける。

中央分離帯と車との間隔が六四メートルにまで縮まったところで、アンリ・ポールはようやっとブレーキをかけるが、そんな対処はもはや焼け石に水でしかない。四人の乗ったベンツＳ２８０は、時速六五マイル（時速約一〇五キロ）を超える猛スピードのまま、トンネルの支柱のひとつに正面から激突してしまうのだ。

時刻は午前零時二三分――つまりこの、偶然にしてはできすぎの衝突事故が生じたのは、四人がホテルを発ってたった三分後のことだったのだ。

ドディ・アルファイドとアンリ・ポールはほぼ即死の状態だったようだ。

彼らの死亡が医師により正式に告げられたのは、午前一時三二分のことである。

アンリ・ポールの遺体からは、多量のアルコールと抗鬱剤が検出されており、飲酒運転が事故原因のひとつだったとフランス捜査当局は判断している。

助手席にいたトレヴァー・リース・ジョーンズは、顔面の左半分がひしゃげるほどの大怪我を負いながらも、幸運にも一命をとりとめている。

事故報道がなされると、あまりに突然の悲劇に大勢の人々が不審を抱いてゆく。

ふたりの王子の母親が、武器商人ともゆかりがあるとされるアラブ系の富豪一族との関係を深めるのを、英国王室は決して快くは思うまい――かような推定を根拠に、この事故はＭＩ６《英国情報局秘密情報部》が仕組んだ謀略ではないかとの疑惑が立ち所に浮上する。そして本件は、のちに英国捜査当局が調査に乗りだし、謀殺説を否定するに至るのだ。

午前一時二八分――すなわち事故発生より一時間超が経過してからようやく、重態のダイアナ元妃が救急車に乗せられている。残骸と化した車内から彼女を救いだすのに、それだけ手間どってしまったのだ。

しかもプリンセスは当時、心臓にいちじるしい衰弱が認められるほどの危うい容態にあった。

そのため搬送中も救急車をゆっくりと走行させなければならず、病院までの約六キロメートルの道のりの途上、二度も停車する必要があったという。瀕死のプリンセスが、ラ・ピティエ・サルペトリエール病院の集中治療室に運びこまれたのは、午前二時六分をまわった頃のことだ。

昏睡状態にあったダイアナ元妃に、手はじめに人工呼吸器が挿管される。

レントゲン写真により、おびただしい内出血が確認されたため、すぐに開胸手術が実施される。

すると彼女の体腔は、きわめて深刻な事態に陥っていることが明らかとなる。衝突時の凄まじい衝撃により、心臓が定位置から右側へと持ってゆかれ、心嚢《しんのう》は破裂し、心臓と肺をつなぐ肺静脈が引きちぎられてしまっていたのだ——そのせいで、胸腔には大量の血があふれ、沈没寸前の船内のごときありさまを呈していたのである。

医師や看護師らにより即、血液除去、輸血、アドレナリンの投与がくりかえされたが、状況の好転は見られない。暴走車さながらに悪化の一途をたどる容態に対し、それらの処置のなにもかもが手遅れだったのだ。つづいて直接の心臓マッサージが、一時間以上にもわたってほどこされたというのだが、この最後の努力によってしても、英国の薔薇を今世に引きとめておくことはかなわなかったのである。

かくして一九九七年八月三一日日曜日の午前四時、ダイアナ元妃は帰らぬ人となる。

事故直後、大破したベンツＳ２８０の後部座席で朦朧となっていた彼女の顔は無傷に近く、むしろ清らかで美しいくらいだったことが――唯一の生存者たるトレヴァー・リース・ジョーンズの著書には記されている。

額や鼻や口から鮮血をしたたらせながらも、プリンセス・オブ・ウェールズはそのとき、静かに眠りについているかのようでさえあったという。

2

二〇〇九年一二月一七日木曜日、午後一一時三八分。

東京都道４２３号渋谷経堂線——通称淡島通りのガードレールが途切れたところの路肩に、黒いＳＵＶが停車している。

運転席にいる眼鏡の中年男は、右手に持ったスマートフォンの画面と窓外の景色を交互にくりかえし見ている。その目つきは鋭く、目標物を見逃すまいとする強い意志があらわれている。

助手席にいる丸刈りの若い男もスマートフォンを手にしているが、こちらは液晶画面を見つめるばかりで顔をあげない。ときどき二リットル・ペットボトル入りのコーラをがぶ飲みしながら鼻歌を唄い、右手の親指を器用に動かしてウェブ上の記事をいくつも読みふけっている。

「タカツキさん、知ってます？」丸刈りの男が訊く。

「なにを？」眼鏡の男が問いかえす。

「昨日ね、今まで見つかったなかでいちばん地球に似てるスーパーアースが発見されたんだって。ＡＦＰ通信のサイトに出てるんですけど、四分の三が水と氷で、残りの四分の一が岩でできてる惑星らしくて、大気もあるみたい」

眼鏡の男は、淡島通りを挟んで反対側に隣接している、大型高級マンションの正面玄関を注視している。視線の向きは変えずに、彼はこう応答する。

「へえ。生き物は？」

「熱すぎるからいないっぽいですね。表面温度が推定一二〇から二八〇度とかだから、生命体の維持は無理くさいと」

「そいつはつまらんな」

「でもどうかな。そのくらい超高温の環境に適応できる生物だって、もしかしたら存在するかもしれないじゃないですか。地球環境ベースで考えてるだけじゃ、宇宙の真実をとらえそこねることにしかならないんじゃないかな」

「たしかにな。普通の生き物が無理でも、クマムシみたいなやつがうじゃうじゃいる可能性だってなくはない」

同意している割には、どうでもいいことのように眼鏡の男は応ずるが、丸刈りの男はおもしろがってその返答を引きとる。

「それにそのクマムシは、知性だって備えてるかもしれないわけだ。ウルトラマンの怪獣みたいにバカデカいのかもしれないし、悩みもすれば恋もするかもしれない。そういえば、クマムシっぽい見た目のウルトラ怪獣いましたよね。あれ名前なんだっけ」

「さあな。ウルトラ怪獣なんてだいたいそんな見た目のやつばっかりだろ」

「いや、まんまクマムシって感じのやつがいるんですよ。なんだっけあいつ」

丸刈りの男は、スマートフォンでウルトラ怪獣の画像検索をはじめるが、思い浮かべているものと一致するイメージがなかなか見当たらず、眉間に皺を寄せる。

「しかしいくらスーパーアースつっても、ウルトラ怪獣はいないんじゃないのか。だいいち、ウルトラ怪獣がいるのならウルトラマンもいなくちゃ釣り合いがとれない。宇宙の真実はそこまで器デカくない気がするけどな」

「そうすかね」

「おそらくな」

「でも、気がするってのも、結局は常識的判断にすぎない。それだって真実を見落とすきっかけになっちゃいますよ」

「まあ、それもそうだな」

「でもやっぱり、ウルトラマンはいないだろうな」

「いやいるさ」

「あんなのいるわけないじゃないですか。所詮は絵空事ですよ」

眼鏡の男は依然外を見ながら笑っている。

「しかし人間の科学の常識が、間に合わせの真理じゃなくなる日ってくるのかな」

「どうだろうな。そもそも神の視点に立てない以上、人間には真理を真理と判定する術がないからな」

「どういうことすか？」

「模範解答集がなければ、テストの答え合わせはできないだろ。人間は真理の模範解答を知らないんだから、答え合わせも不可能だ」

「なるほど。答えが出せても自己採点はできないから、試験にパスしたのかどうかは永遠にわからないわけか。しかしそいつは切ない話だな。布きれ一枚しか身につけてなかった時代から、人間は必死こいて真理の追究に明け暮れてきたってのに……あれ今、地震あったのか。伊豆で震度五弱て、かなりデカいな」

丸刈りの男は、いつの間にか画像検索をやめていて、ニュースサイトの閲覧に戻っている。地震情報を眺めながら、中身が半分になったペットボトルを彼は上下に振っている。

「そんなに揺れたのか。こっちはいくつだ？」

スマートフォンからいったん目をそらし、ペットボトルのなかで弾けまくる炭酸のあぶくを凝視しながら、丸刈りの男が答える。

「いや、東京はちっとも揺れてませんね。せいぜいイチとか、そんなもんです」

未だ炭酸の泡がてっぺんに積もっているコーラを丸刈りの男から差しだされるが、眼鏡の男は首を横に振って受けとらない。

眼鏡の男のまなざしはさらに鋭さを増しており、いきなり小型双眼鏡をかざして接眼レンズを覗きだしている。

「あそこにいるの、こないだのやつらじゃないか？」

反対車線側の歩道に自転車を停めて立ち話している、二〇歳前後と思しき野球帽をかぶった男のふたり組。

そこは大型高級マンションの正面玄関から数メートルの距離の場所。

ふたりとも、わざとそろえたかのようにほとんどおなじ服装をしており、商談中の闇ブローカーみたいな顔つきでなにやらおしゃべりしている。

「ああ、はいはい。間違いないですね」

助手席から身を乗りだし、双眼鏡で野球帽のふたり組を視認すると、丸刈りの男の表情もようやく真剣味を帯びてくる。彼はただちに、スマートフォンで本隊に電話をかける。

「今どのへん？　あと何分くらい？　了解。そうそう。ちょうど今きたわけ。うんうん。必要あったら、すぐ連絡入れます。はいどうも」

丸刈りの男が電話で話している隣では、眼鏡の男が野球帽のふたり組の動向に注意しつつ、スマートフォンでメールを打っている。


Bキャップ＋ダボパン野郎×２あらわる。たぶんもうじきイン。

ネトカメ最新ＩＤとパスを至急。

このテキストメッセージを、眼鏡の男は「管理人」という表示名のアドレスに送信する。

するとものの一、二分のうちに、ログインＩＤとパスワードのみが記された返信がくる。

その間、野球帽のふたり組の片割れが大型高級マンションへの侵入を成功させる。

タイミングよく帰宅した男性居住者のあとについて、難なくオートロック玄関を突破した片割れは、携帯電話を左耳に当てながらエントランスホールへと向かってゆく。

もうひとりは歩道に留まり、片割れと同様に携帯電話を左耳に当てている。

ふたりとも、不法な侵入や見張りの行為をごまかそうとして、電話中を装っているふうに見えぬでもない。

野球帽のふたり組が、マンションの内外にわかれるのを見守っているあいだに、眼鏡の男は丸刈りの男から電話内容の説明を受ける。

「まだ新一の橋交差点のあたりだから、こっちに着くのは早くても三〇分後ぐらいだろうって。時間早めるのは厳しいけど、遅れさせたければなんとかやってみるから連絡くれと」

それに頷くと、眼鏡の男はセンターコンソールボックスの上に載せてあった薄型軽量ノートパソコンを手にとる。

ノートパソコンのディスプレーには、防犯ネットワークカメラの管理画面が表示されている。今しがたメールで教えられたばかりの最新ログインIDとパスワードを入力し、モニタリング画面に移ると、マンション内のライブ監視映像が映し出される。

眼鏡の男は、多数設置された監視カメラのなかから一階エレベーター前のライブ監視映像を選択してアクセスする。

しかしアクセスした矢先に、ふたつあるエレベーターのうちの一基が開扉し、野球帽をかぶった男――すなわちふたり組の片割れがカゴに乗り込んだため、画面内は無人となってしまう。先に建物に入った男性居住者は、すでにエレベーターで上階へあがったあとか、またはメールボックスや宅配ボックスの確認に手間どっているところなのか、映像上には姿をあらわさない。

眼鏡の男は、ライブ監視映像を即座にエレベーター内のものへと切り替える。

野球帽の男はもう電話の動作をやめている。両手をパーカーのポケットに突っ込み、奥の壁に寄りかかってじっと立っている。監視カメラを意識してか、うつむいたまま面をあげようとはしない。不法行為をさらに重ねる腹づもりでいることが、画面を介してありありと伝わってくる。

いっぽうSUVの車中では、眼鏡の男がライブ監視映像に釘づけになっている最中、丸刈りの男はちょっとした武装に取りかかっている。センターコンソールボックスの蓋を開けた彼は、一三〇万ボルトの表記があるスタンガンと手のひらサイズの催涙スプレーを取りだす。そしてそれらの武器を、自分が着ているスタジャンの両ポケットに彼はしまう。

エレベーター内のライブ監視映像は、野球帽の男が八階でおりる様子を示す。眼鏡の男は、透かさず八階通路のライブ監視映像をディスプレーに表示させる。それを横から覗き込み、丸刈りの男がつぶやき声で実況する。

「すたすた歩いていきますね。部屋直行かよ。待ちぶせするんじゃないのか。あれ、しゃがみやがった。鍵屋って感じじゃないけどな。ここってディンプルキーですよね？」

ディンプルキーは、高度な解錠技術の持ち主でなければ容易には破れないとされている――したがって、「鍵屋って感じじゃない」野球帽の男には開けられまいと見越し、丸刈りの男はそう念を押したのだ。

このマンションはディンプルキーだと、眼鏡の男は請け合ったが、しかしそれはたちまち意味をなさなくなる。自身の予測があえなくはずれる光景に、丸刈りの男はそのとき直面する。

野球帽の男がしゃがみ込み、ピッキングをおこなうような体勢をとっているのは、通路最奥の部屋のドアの前。

ただちにそちら側のカメラに切り替え、最接近映像で現場の推移を追ってみると、野球帽の男の作業が一瞬も滞りなく進められてゆくのがわかる。

野球帽の男は、ハンマー状の器具を片手に持っている――そしてその器具で、鍵穴に挿し込んだ鍵の頭を叩くなどしているうちに、彼は呆気なくドアを開けてしまう。

「こいつバンピングできんのか。あきれたな」

野球帽の男は、ハンマー状の器具をベルトに挿すと素早く立ちあがって室内へ入り、ゆっくりとドアを閉める。

「プロくさいですね。行動に迷いがない」

眼鏡の男は、値踏みでもするみたいな目つきで一連の経緯を見つめている。

「どのみち金目当てだろうな」

そこまで見届けると、眼鏡の男はノートパソコンをセンターコンソールボックスの上に戻す。つづいてスマートフォンにもマンション内のライブ監視映像を表示させると、眼鏡の男は丸刈りの男にひとつ頷きかける。それを合図に、ふたりはニット帽をたずさえて静かに車をおりてゆく。

淡島通りを渡るふたりを、歩道にいる見張り役は一瞥するが、特に気にかけてはいないらしく表情に変化はない。

あるいはそれはただ、無関心なふりをしているだけなのかもしれない。

ふたつ折りの携帯電話を手にして、そのディスプレーに目をやっているが、見張り役の視線が実際にとらえているのは別のものなのかもしれない。

なにごともないまま、見張り役が遠ざかったところで、眼鏡の男が丸刈りの男に小声で話しかける。

「おいサワザキ」

「なんすか？」

「カフは？」

「ヤべえ忘れた」丸刈りの男ははたと立ちどまる。

すると眼鏡の男は、レザーブルゾンのポケットからさっとフレックスカフの束を取りだしてみせる。

それに対し、丸刈りの男がすまなそうに上目使いで浅く頭をさげると、ふたりはふたたび歩きだす。

「見張りのやつはどうします？」

「本隊に任せるしかないな」

「間に合うかな」

「どっちでもいいよ。見張りは見張りでしかない」

そのやりとりのあいだに、ふたりはマンションの正面玄関を通過している。

オートロック玄関を正規の鍵で突破したふたりは、エントランスホールのフロントにいる男性管理人にアイコンタクトを送り、早足でエレベーターへと向かう。

眼鏡の男は、スマートフォンでのライブ監視映像の確認を歩行中も怠らない。

マンション八階通路。

最奥の部屋からおもむろに出てきた野球帽の男は、通路の照明がすべて消えていることに小首をかしげる。

ときおり天井の電球を訝しげに見上げながら、施錠を済ませると、わずかな月明かりもない薄暗いなかをそそくさと歩き、彼はエレベーターを目指す。

エレベーター前は奥まったスペースになっていて、壁にかこまれているため明かりがないと余計に暗い。

おちつかない様子で足を止め、いらだたしげな仕草で下降ボタンを押した途端、野球帽の男は背後からスタンガンによる電撃を食らう。

目出し帽をかぶったふたりの男が、通路にへたり込んでしまった野球帽の男を見下ろしている。

野球帽の男は、両手を後ろ手にされてフレックスカフをかけられると、強引にその場に立たせられる。そしてエレベーターにひっぱり込まれ、目出し帽の男らと一緒に一階へおりてゆく。

一階に着くと、野球帽の男は目隠しをされて帽子を目深にかぶせられている。

捕獲者のふたりは目出し帽を脱いでいて、野球帽の男を両側から挟んで出入り口に向かって歩かせている。

入館時と同様、ふたりがアイコンタクトを送ると、男性管理人は軽い会釈をかえす——つづいてフロント奥の管理人室に入り、八階通路の電灯のスイッチを管理人はオンにする。

●

マンションの正面玄関を抜けようとした矢先に、丸刈りの男は着信の振動を感じとる。早速にデニムパンツのポケットからスマートフォンを取りだし、メールの内容を彼はたしかめる。その間、眼鏡の男は野球帽の男を立ちどまらせている。

丸刈りの男はスマートフォンを差しだし、本隊からのメールを直接眼鏡の男に読ませる。そこには、ターゲットの乗った事務所車が数分前にマンションの駐車場に到着していることが簡潔に書かれている——危うく八階通路で鉢合わせになったかもしれない、間一髪のタイミング。それに加え、歩道にいる野球帽の見張り役を今しがた捕獲したことも、本隊は伝えてきている。

ひと目でメールを読み終えた眼鏡の男は、丸刈りの男にひとつ頷きかける。

それを合図にふたりは歩きだし、野球帽の男と三人でマンションを出る。

淡島通りを渡りきり、自分たちの張り車のもとへ戻ると、その後ろに本隊のＳＵＶが停車している。本隊のＳＵＶには、四人のチームメンバーのほかに、目隠しをされた見張り役の男が乗せられている。見張り役の男は、サードシートの真ん中にいて、両側をふたりのメンバーに挟まれている。

日付はとうに、一二月一八日金曜日に変わっている。

闇を斬りつけるような冷風が吹き抜ける、午前零時五三分——気温は摂氏六度だが、体感上はもっと低い。

本隊から見張り役の男を引きとると、眼鏡の男と丸刈りの男の乗った黒いＳＵＶは、淡島通りを渋谷方面に向かって走り去ってゆく。

その後も本隊のＳＵＶは同所に留まり、四人のチームメンバーはひきつづきターゲットのモニタリングに当たる。近隣の駐車場は、スーパーマーケットの敷地内をはじめどれも夜間閉鎖されているか、空きスペースがない。それゆえ彼らはやむを得ず、長時間の路肩駐車を強行するほかない。

さしあたっては、ターゲット宅への深夜の人の出入りを随時チェックすべく、マンション内のライブ監視映像にアクセスする——通常はひかえる手段だが、今夜は買収済みの管理人より最新ログインＩＤとパスワードをすでに入手していたので、特別に利用することになった。交替要員がくる朝方まで、四人はそうして不寝の番につく。ターゲットがまた外に出かければ、自動的に尾行監視へと移行することになる。

それから一時間も経つと、警ら中のパトカーがやってきて、二台のクロスバイクが置き去りにされているあたりの歩道に横づけして停まる。

間もなく助手席から警官がおりてきて、二台のクロスバイクそれぞれに顔を近づけながら、無線で登録番号の確認をおこなう。

二台とも盗難自転車ではないとわかると、警官はそれ以上のことは調べず車内に引きあげようとする。

そのとき、反対車線側に停車中の黒いＳＵＶに関心を抱いたらしく、警官は不意に足を止める。

一箇所にじっと突っ立って、こちらに視線を送ってくる制服警官の動向を、ＳＵＶの車中では四人とも皆いらだった面持ちで見守っている。ときどき小声で「こっち来んじゃねえぞクソが」「さっさと行けよカスが」などと四人は警官を罵りまくる。

警官は淡島通りを渡ろうとする気配を見せるが、そこへ出し抜けに一台の暴走車があらわれて風向きを変える。

大音量でシャンソンを流しながら接近してきた4ドアセダンの改造車が、少しもスピードを落とさずにパトカーの脇を通りすぎ、世田谷方面へと向かってゆく。

当の車を、なす術なく立ち尽くしたまま目送した警官は、はっとなって急いでパトカーの助手席に戻る。

そしてすぐさまパトカーは出発し、暴走車の追跡を開始する——それを見送るＳＵＶの四人は、ほっとしたのかそろって相好を崩し、笑いまじりの歓声をあげる。

裸電球が一灯ともっているだけの、窓のない二〇平米ほどの広さの一室。

内壁は打ちっぱなしのコンクリートで、奥の壁沿いに設置されたスチールラックの各段には、工具の類いが乱雑に置かれている。

そうした、普段は物置として使われているらしき雑然とした部屋の中央で、野球帽をかぶったふたりの男が正座してうなだれている。

ふたりとも、野球帽以外は服も下着も身につけておらず、体のあちこちに殴打されたり蹴飛ばされた跡がある。目隠しの上にダクトテープをぐるぐる巻かれてさらに視界をふさがれていて、鼻や口からは血を垂らしている。後ろ手にされた両手首もダクトテープを巻かれて自由を奪われている。

野球帽のふたり組を見下ろしてその正面に立っている、眼鏡の中年男と丸刈りの若い男。

彼らの背後には、ひとつの簡素なスチールデスクが置かれている。

スチールデスクの上には、ふたり分の財布や携帯電話や喫煙具などが載せてある。

またそれらに加え、ターゲット宅侵入の際バンピングに使用されたハンマー状の器具やバンプキー、ペン型ビデオカメラやＵＳＢ型ビデオカメラ等々のさまざまな小型撮影機器やＵＳＢ充電器が卓上に転がっている。

丸刈りの男はひどく息づかいが荒い。正座している虜囚たちを彼はなおも蹴りつけようとしているが、眼鏡の男に制されてひとまず足をおろす。

眼鏡の男は、丸刈りの男の肩を抱いて部屋の隅に連れてゆき、抑えた声で自らの見通しを開陳する。

「ここまでにしとこう。これ以上やったって埒が明かない。さっきも仕掛けたのかどうかなんてことは、結局はじかにあの部屋んなか調べてみなきゃ突き止められないんだ。こいつらがしゃべってんのが出任せであろうとなかろうと、どのみちおれたちは事実をたしかめに行かなきゃならない。だったら時間の浪費は避けて、こっから先は別の手を打つべきだ」

丸刈りの男が間髪をいれずに、

「でもせめて、さっき仕掛けたのかどうかぐらいは白状させて、徹底的に懲《こ》らしめとかないとまずいでしょ。どうせこいつら絶対にやめないし。さっきも仕掛けてたとしたら――おれは仕掛けてると思うけど、ほとぼり冷めた頃にでも回収に行って、おなじこと平然とくりかえしますよ。そしたら今日のこれも無駄骨になっちまうし、ネタが表に出てきたらおれらペナルティーとられるかも」

納得がゆかぬ顔を向けてくる丸刈りの男に対し、眼鏡の男はまなざしにいっそうの力を込め、諭すように訴える。

「まあその通りだが、よく聞けよ。おれはなにも、あとのことにはいっさい目をつむろうって言いたいわけじゃない。というか、前提にしてるのはおまえと一緒、最悪のパターンを想定した上でどう動くかって話だ。はっきりしてるのは、従来のやり方じゃもう対処しきれない段階にきてるってことだ。特定のやつらだけに注意しとけばいいって状況でもなくなったし、こうして仁義のかけらもない連中が、当たり前のようにバンピングなんかやらかして、家のなかにまで入り込んで平気で盗撮カメラ仕掛けやがるわけだからな」

ここまで一気に述べると、眼鏡の男は大きく息をついてあきれ顔になり、

「われらがボスが、相も変わらずネットで競争煽りまくるせいでこのざまだ。いい加減に飽きてくんないかね、ああいうの」

先ほどよりはやや険がとれてきた表情で、丸刈りの男はもっともだと頷いて眼鏡の男と視線を交わす。

「どうにかなんねえすかね、あの異常な競争心は」

「競争心なのかなんなのか。いずれにせよ傍《はた》迷惑にもほどがあるよ」

「でもそのおかげで、おれらこの仕事にありついてるわけだから、文句言えないしな」

「言うさ。大事な提案とかなんとかって名目つけて。でなきゃみすみすペナルティーとられておしまいだぞバカらしい……ああ、まただ」

眼鏡の男は激しい耳鳴りに襲われて会話をいったん中断する。

耳鳴り自体はすぐに弱まってゆく——ただし脱力した拍子にどっと疲れが出たらしく、眼鏡の男は深い溜め息をつく。それから彼はメタルフレームの眼鏡をはずし、眉間をつまんでしばらく揉む仕草をつづける。

かたや丸刈りの男は、隣であくびを嚙み殺しながら年上の相棒にこう忠告する。

「でも聞く耳持つかな。おまえらプロ集団なんだから、どんな相手がきたって常勝が当然だろとか、また例の調子で言いかえされちゃいますよ」

眉間から指を離し、眼鏡の男は穏やかな口調で会話を再開する。

「だろうな。しかしあいつがわかっちゃいないのは、防諜はおれたちの専門じゃないし、追っかけにもはやプロもアマもないってことだ。そんな区別はなんの意味もなさない。資金力やら組織力やら技術力やらで、有象無象のクズどもよりもおれたちは優位に立ってるつもりでいるが、実際のところそれは大いにあやしいね。おれたちみたいなルール厳守の大所帯は、むしろ鈍くさいだけで、穴がありすぎるってのが実情なのかもしれない。ちがうか？」

「まさか。さすがにそれはないでしょう。こんなやつらよりおれらが劣ってるわけがない。おれらがベストですよ」

「おれにはそうは思えないな。まあとにかく、今後もQをあのマンションに住まわせていたら蜂の巣にされちまうぞ。こいつらみたいなゲリラどもがあっちこっちから攻めてくるたびに、おれたちが裏でいちいち撃退するんじゃきりがない」

「でもやらなきゃおれら即お払い箱ですよ。どうするんすか？」

「引っ越しさせるしか手はないよ。狙い撃ちを防ぐには、標的自体を見えなくしちまうのがいちばんだ。どっかよそのハイセキュリティー・マンションにQが移ってくれればそれだけで、ひとり残らずブロックできる。もちろん、おれたちが楽していられるのは新住所が割れるまでの話だが、今みたいにだだ漏れのままでいられるよりは断然増しだ。これが最も合理的な解決策だよ。明日の引け後に、おれからボスに持ちかけてみる。特等席を独占したきゃこうするしかないとでも進言すれば、あの負けず嫌いも承知するだろ」

「そんなに簡単に引っ越すかな。どうやってQをその気にさせるんですか？　そっちのほうが大変じゃないすか？」

「ところがそうでもない。ちょうどここにそろってるだろ、いやでも引っ越したくなるような火種が。このなかから適当な室内盗撮データを選んで、事務所に送りつけてやれば、三日と経たずにQはあのマンションから逃げだして新居へ移ってるよ」

「なるほど」丸刈りの男は野球帽のふたり組を横目で睨みつつ、

「足がつくのはどうせこいつらだし、ついでにほかに仕掛けてあるカメラも一掃されるだろうから、その方法がいちばん手っとり早くていいかもしれないな」

話し合いに決着がつき、眼鏡の男と丸刈りの男は振りかえってもとの居場所へ戻る。

野球帽のふたり組は、どちらも力尽きた様子で膝を崩し、体をまるめてカメのような格好になっている――彼らのその姿は、スチールデスクの横に固定された一台のポータブルビデオカメラで絶えず記録されている。

「これからこいつらの後始末か。面倒くせえなあ」

今度は嚙み殺すことなく、盛大にあくびしながら丸刈りの男は愚痴を言い放つ。

それが伝染し、眼鏡の男もあくびしながら、まったくだと同意する。

「どこで放します?」

「渋谷でいいだろ」

そう言うと、眼鏡の男はふたたび深い溜め息をつき、眉間をつまんで揉む仕草をする。

「疲労困憊っすね。大丈夫ですか?」

「まあ、ちょっとな」

「頭痛すか?」

「耳鳴りがやまないんだ」

「ああ耳鳴り。ずっとですか?」

「そういうわけじゃない。おさまったりはじまったりのくりかえしって感じだ」

「持病とかですか?」

「いや、なんだろな。年かな」

「年?」

「四〇すぎるとな、いろいろ出てくるわけ。おまえも一〇年後、覚悟しとけ」

ハハハ、と丸刈りの男が乾いた笑い声をあげると、眼鏡の男もそれに釣られ、ふたりは軽く笑い合う。

にやついた笑みを浮かべたあと、眼鏡の男は頭を左右に傾けて凝りをほぐし、天を仰いでもういっぺん溜め息をつく。

スチールラックのてっぺんに載せられたデジタル置き時計は、そのとき午前三時一一分を表示している。

3

二〇〇九年一二月一八日金曜日、午前四時一八分――多摩川堤防沿いの細道を走る黒いＳＵＶ。

土手を左手に見て、さらに細い脇道にそれると、少し先にある廃アパート前の空き地にＳＵＶは停まる。

ＳＵＶの運転席から眼鏡の男――タカツキリクオがおりてくる。

眼鏡をはずし、眉間を揉みながら、凍てつく早朝の住宅街をタカツキはひとりとぼとぼ歩いてゆく。

多摩川の支流沿いに建つ賃貸マンションの玄関をくぐり、エレベーターで六階にあがったタカツキは、西向きの角部屋のドアを開けてなかに入る。

同居人もペットもいない、観葉植物のひとつさえない殺風景な２ＤＫの部屋。

タカツキは洗面台の前に立ち、蛇口から流れ出る水をしばらく凝視する。

濡らした両手を石鹸で洗うと、足もとが波打つようにぐらつくめまいをおぼえて、タカツキリクオはまたかという顔をする。

洗面と歯みがきを終えたタカツキは、冷蔵庫から取りだしたガス入りミネラルウォーターをラッパ飲みし、五ミリグラムのベンゾジアゼピン系マイナートランキライザーを胃袋へ流し込む。

それからタカツキは寝室に行く。Tシャツとパンツだけの格好になった彼は、低反発マットレスと安物羽毛布団を組み合わせた万年床に横たわり、眠りにつく。

そのとき、枕もとに置いた彼の腕時計の針は午前四時四六分を指している。

●

タカツキリクオが目覚めると、彼の腕時計の針は八時一三分を指している。

カーテンの向こう側は明るい。

ダイニングテーブルの上にすこやかプレーンヨーグルトの五〇〇ミリリットル・パックと果汁一〇〇パーセント・オレンジジュースの一リットル・パックを置き、テレビのスイッチを入れると、タカツキリクオはスマートフォンを手にしてメールのチェックをおこなう。

午前七時の時点で、本日の行動予定表の改訂版がモニタリングチームから送られてきている。タカツキはそれに目を通しつつ、すこやかプレーンヨーグルトにハチミツをかけて食べる。

テレビにはワイドショー番組が映し出されている。

タカツキは、テレビとスマートフォンの画面を交互に見て、朝の情報収集をつづける。スマートフォンでは、ニュースサイトのヘッドラインをざっとチェックしては気になった記事だけ本文を読み、その間は耳でテレビの音声を拾い、重要な速報などの見逃しがないよう留意する。天気予報によると、本日の都内は快晴、最高気温は摂氏一一度の見込み。

午前八時五五分——タカツキリクオはジャージ姿になり、家の鍵のほかにイヤフォンを接続したスマートフォンのみを携帯して、外へ出かけてゆく。気温はまだ摂氏六度弱。

自宅マンションから数百メートルの距離にある、多摩川河川敷の緑地運動場。

運動場の敷地内には、野球場が六面と少年野球場が三面、サッカー場と少年サッカー場が二面ずつ、加えてラグビーなどのできる球技場が一面、さらには児童遊園やピクニック広場が設けられている。そして敷地の南側に隣接している渋谷区管轄のスペースにも、テニスコートやサッカー場や野球場がそれぞれ複数設置されている。

敷地中央に位置する、場内最大の区画には、野球場が一面と少年野球場が三面、それと二面のサッカー場のほかに、児童遊園とピクニック広場がふくまれている。

当の区画をぐるりとかこむ楕円形の舗装路を、ビヨンセの"Deja Vu"を聴きながら、タカツキリクオはゆっくりと走っている。ペースを変えずに彼がこのコースを三周すると、所要時間はほぼ三〇分となる。

時間が経つにつれ、冬の平日午前中の人気ない緑地運動場でも、ちらほらと人の姿が見受けられるようになってくる。

タカツキが最初に見かけるのは、グラウンドの芝刈りや整備にたずさわる管理事務所の職員たちである。午前九時をすぎると仕事開始となるらしく、ローントラクターや軽トラックやスクーターなどで彼らはいつも場内を移動してまわる。

川原の茂みに程近い水道施設のあたりでは、焼酎の五リットル・ペットボトルに水を汲む数人のホームレスにも出会う。

楕円形の舗装路を三回まわりきり、タカツキが自宅へ戻る時分には、彼のほかにもスポーツウェアを着た数人のランナーやウオーカーが緑地運動場にやってきている。

またおなじ頃、野球場やサッカー場では、七、八人の老人男性グループが小型の模型飛行機を飛ばす光景を見ることもできる。

緑地運動場をあとにするときも、タカツキリクオのスマートフォンは、相変わらず"Deja Vu"を流しつづけている。

Baby, I can't go anywhere
Without thinkin' that you're there
Seems like you're everywhere, it's true
Gotta be havin' de ja vu

ビヨンセ・ノウルズがそう唄いあげるのを聴きながら、タカツキリクオは駆け足で自宅マンションへと帰ってゆく。帰宅してすぐにシャワーを浴び、身支度を整え終えると、時刻は午前一〇時をまわっている。ぐずぐずしている暇はない。

●

本日、ターゲットは終日オフの予定ゆえ行動の先読みが難しい。

そのためモニタリングチームは、幅広い事態に即応可能な隊形を維持して追跡に備える。

午前七時改訂版の行動予定表によると、タカツキリクオは午前一一時に朝番のメンバーと交替して本隊業務につき、午後四時までの五時間、ターゲットのモニタリングに当たることになっている。

午後四時に夕番の面々と本隊業務を入れ替わったあとは、タカツキリクオは銀座一丁目のプロビデンスビル最上階へと赴かなければならない――彼は毎週金曜日、午後四時半から午後六時までの一時間半の時間帯に、雇い主《ボス》への定例報告をおこなう役目を負っている。

午後六時から午後九時までの三時間は、タカツキリクオは単独行動をとることになっている――かつての同僚と会食の約束を交わしているのだが、これはターゲットに関する情報交換が目的でもあり、タカツキ個人の月例活動に位置づけられている。

午後九時以降は、本隊合流か別動隊として動くかのいずれかだが、それはターゲットの動向次第で決まる――ターゲットが自宅に留まれば少人数での定点観測となり、外出となったらチーム総動員で複数班にわかれて多角的にモニタリングを進める。

ここに至るシフト時間の区切りはあくまで目安である——行動予定表はそのときどきのシチュエーションに応じて適宜改訂される。

モニタリングチームのメンバーは、いかなるときでも本隊との密な連絡を欠かさず、常時臨機応変に対処しなければならない——非番中や待機中や単独行動中でも本隊のサポートを優先し、必要にともない速やかにターゲットの追跡に加わらねばならない。

●

午前一〇時四五分——気温は摂氏八度まであがっている。

タカツキリクオの運転する黒いSUVが、三軒茶屋交差点で丸刈りの男——サワザキコウタを拾ってから淡島通りに入り、昨夜の張り込み現場に到着する。

夜番から朝番が引き継いだ張《は》り車《しゃ》は、ターゲット宅高級マンションの近所にある、スーパーマーケットの駐車場で待機している。

タカツキリクオとサワザキコウタは、その駐車場で、一緒に昼番を受け持つハイバ兄弟と落ち合う——シンヤとカズヤのハイバ兄弟は、二七歳と二五歳の地下ビジネス専従者である。

つづいて彼ら四人は、朝番担当のミドリカワユウゾウ、クロイワナオミ、ニシタニショウイチに代わって本隊業務につく。

六三歳と最年長のミドリカワユウゾウはそのまま徒歩で帰路につき、大学二年生のクロイワナオミは授業に出るためひとりバス停へと向かう。夜番と朝番が使ったSUVは、アラサーニートですねかじりだったニシタニショウイチが運転し、プロビデンスビルの地下駐車場に戻すことになっている。

タカツキら昼番のSUVは、朝番同様スーパーマーケットの駐車場に陣取る。

休みの日のターゲットは行動を読みにくい——それゆえ前線の本隊構成員にかぎらず、チームメンバー全員が絶えずスタンバイ状態を保っていなければならない。

それがいちおうの原則だが、これまでの傾向として、目下監視下にあるターゲットがオフにひとりで出かけることは滅多にない。したがって、日中の張り込みは徒労に終わる場合が多い。

日中の張り込みはオーソドックスな方法でおこなわれる——正面玄関と駐車場の二箇所のマンション出入り口を、入れ替わりでのべつ見張るのだ。

タカツキら四人は、ふたりずつ三〇分交替で見張りの任に当たる——不審視されるのをなるべく避けるために、毎回ばらばらの場所から人や車両の出入りをチェックする。

隊内連絡はデジタル無線機を使用し、見張り役は骨伝導イヤフォンマイクを装着して車内待機中のメンバーとやりとりする。ハンズフリーであれば、ターゲットが不意に見せる決定的瞬間《スキャンダル》の記録を逃さずに済む。見張り役は常に数種の小型撮影機器を携帯して持ち場に立つ。そして目立たぬよう存在感を消してターゲットを待ちかまえる。

これが彼らの張り込みの基本形となる。

今回の張り込みでは、シンヤとカズヤのハイバ兄弟が先に見張り役を引き受けた。

車内待機のタカツキリクオとサワザキコウタは、兄弟からの無線連絡を待つあいだ、チームの懸案事項について話し合う。

ハイバ兄弟は、マンションの防犯ネットワークカメラを積極活用しないチームの方針に不満を表明している。せっかく有用な文明の利器があるというのに、あえて人力にこだわるのはバカげていると、かねてより兄弟はルール改正をもとめているのだ。

昨夜のダブルスタンダードが、彼らのそうした不満にさらに拍車をかけた。

防諜工作上の要請から、別動隊《タカツキとサワザキ》が一夜限定として規則を破り、マンション内のライブ監視映像を利用した結果、野球帽のふたり組の捕獲に成功した——ハイバ兄弟はこれをダブルスタンダードと非難している。

そんなふうに、たまに特例を認めるくらいなら、非効率でしかない規制などすべて撤廃すべきだというのがハイバ兄弟の主張である——つまるところ、現場の独自判断で好きにやりたい、というのが彼らの真意らしい。

ハイバ兄弟が昨夜の一件を問題視していることを、助手席のサワザキコウタから知らされると、運転席のタカツキはやれやれといった調子で、

「ちゃんと趣旨説明しなけりゃ、当然そうなる。わざわざ自分らで縛りを設けるなんて、あの

兄弟には理解できないよ。あいつらもともと、昨夜のふたり組みたいなことして小遣い稼いでたわけだしな。だからおれから兄弟に話しとくって言ったのに、リーダー差し置くわけにもいかんだろうってミドリカワさんがな。それでナンゴウの顔立てて黙ってたらこの始末だ。当の言い出しっぺが言葉足らずだから、そもそもなんでそんなルールを立てたのかってことが、いつまで経ってもチームに浸透しない」

ここでふと、サワザキコウタはきょとんとした顔になり、

「あれ、おれもわかんねえや。自前のカメラしか使わないルールって、なんか特別な理由あるんすか？」

タカツキリクオはまたもやれやれといった調子で、

「あるんだよ。おまえも聞いてないのか？」

「はあ」

「なにも？　おれからも聞いてない？」

「タカツキさんからもナンゴウさんからも、はっきり聞いたおぼえはないっすね」

小首をかしげつつ、タカツキリクオは「特別な理由」をサワザキコウタに話してやる。

「自前のカメラしか使わないことが目的なんじゃない。これは言ってみりゃ、無法な真似をやりすぎて、下手打たないための歯止めなんだ。そういう趣旨で立てたルール」

サワザキコウタは口をへの字に結びながら横目で運転席を見て、タカツキの話に耳を傾けて

いる。

「おれたちは行政機関でも法人組織でもない、いわゆる反社会集団ってやつだから、やろうと思えば法の外でどこまでも行ける。要するに、雇い主ひとり満足させさえすればそれでOKなわけだ。職務上、おれたちの果たすべき責務はそれだけであって、あとは御上にバレなきゃなにやったって構わない。バレなきゃな」

タカツキリクオは、レザーブルゾンのポケットからのど飴をふた粒取りだすと、ひと粒は自身の舌に載せ、もうひと粒はサワザキコウタに手渡す。サワザキコウタは表情を変えずにのど飴を自分の口に放り込み、がりがりと嚙み砕く。

「逆に言えば御上にバレたらおれたちは即壊滅だ。存在自体が違法だから、下手打った途端、雇い主もろとも終わっちまう。仕事のやり方に関しちゃなんでもあり、こそこそやってるかぎりは自由を謳歌していられる。だがその半面、いざというときに盾になるものがひとつもない。法の外にいるということは、叩きつぶされるときは一瞬だし、いっさい容赦されない。おれたちは、そういう危うさの上で成り立っている寄せ集めのチームだ。だから普通より余計に、自分たちの身は自分たちで守らなければならない。自由を謳歌するばかりじゃ早晩自滅しちまう。むしろ自分自身にわざと不自由を課す。そうすることで、失策の可能性を減らしていく。油断をなくすために、万能感を抑える。これがナンゴウの考えだったわけ」

「うーんなるほど。でもそれって、結局は心構えの問題だから、自前のカメラしか使わないことの理由にはならないんじゃないすか？　ぶっちゃけ、各自慎重にって前もって釘刺しとけば済む話じゃないかなあ」

「だったら訊くが、各自慎重にって前もって釘刺しとけば、だれでも常に慎重を心がけるようになるか？」

数秒ののち、サワザキコウタは笑みをかえす。

「いや、ならないっすね」

「慎重に、なんてのは、おれたちみたいな裏稼業の場合、当たり前すぎるくらいの前提だからな。だれしもわかりきってることだから、そんな念押しは実際にはまったく意味をなさない」

「たしかに」

「結果それが油断につながって、やがては知らぬ間に水漏れを引き起こす。その上必ずしも、水が漏れだす場所はおれたちの身辺からとはかぎらない」

「たとえば？」

「たとえば昨夜の管理人とかな。それかマンションの防犯ネットワークシステムに不正アクセスしたことが管理会社に発覚して、通報されちまう危険性は大いにある」

「でも、それ言いだしたらきりがないですよ。こんな仕事はどうしたって、やばい橋渡ってなんぼなわけだし、チームの人間はともかく、一回絡んだ程度のやつに袖の下だけで言うこと聞かせつづけるのも限界があるだろうし。どっかで足がつくこと覚悟してやってないと、逆にやめどきにも気づけない……ああ、なんだそういうことか」

突然呑み込み顔になったサワザキを見てタカツキは、

「そういうことだ。それがおれたちの現実だから自主的に、実効性のある自衛策を打ってこうって話だ」

「心構えの問題だからこそ、物理的なブレーキを設けとかないとコントロールが難しいってことですね？」

タカツキリクオは一度頷いてみせてから、

「そうすると、関わり合いになる第三者は少数に抑えるべきだし、自分たちの痕跡はできるかぎり残さないほうがいいってことになる。もちろんほうぼうで防犯ネットワークシステムを利用できれば仕事の精度や効率がぐっとあがるが、そのたびにおれたちは外部に尻尾をモロだしにしてしまう。そんなことばかりくりかえしていれば、いずれは尻尾をつかまれておしまいだ。だからわざわざ自分らで物理的なブレーキをかけといて、それ以上先へは行かないようにする。勢いづいて一線を越えてやりすぎないように、あらかじめ不便を選んどくということだ」

「なるほどな」

「聞いたおぼえないか？」

「ないですね。だれからも」

「そいつはいかんな」

「今聞いといてよかったですよ。昨夜の話もよくわかったし。つまりこっちはそんなふうに、せっかくまじめにずっと規則ずくめでやってきたってのに、ルール無用のゲリラどもがここんとこぽこぽこ出てきて、遅れをとっちまってる現状だと。そういうことですね？」

「そういうことだ」

「でもおれは、それでも自分たちがベストだと思うけどな」

タカツキリクオは微笑みながらそれを聞き流す。

「さっきみたいな理屈、あの兄弟に言って通じますかね。黙るようになるかな」

「通じないかもな。しかしまあ、多少はうるさくなくなるだろ」

そのとき、タカツキリクオは腕時計の針が一一時二五分をまわったのを確認して、

「時間だ」

速やかに車をおりると、タカツキリクオとサワザキコウタはそれぞれの持ち場へと向かい、ハイバ兄弟と見張り役を交替する。

●

二〇〇九年一二月一八日金曜日、午後五時一四分——銀座一丁目のプロビデンスビル。

地下二階地上一〇階建ての、その高層ビルの最上階には、オーナーの居住スペースに加えて、専用トレーディングルームとレクリエーションルームが設けられている。

レクリエーションルームでは現在、タカツキリクオによる定例報告がおこなわれている。報告を受けているのは、モニタリングチームの雇い主、カキオカサトシ——名うての若手個人投資家たる彼は、このテナントビルの個人オーナーでもある。

室内中央に据えられた、特注の品らしい白い革張りの一〇人掛けソファー。その真ん中にひとり腰を下ろしている、メタルフレームの眼鏡をかけた短髪の痩せ男——カキオカサトシは、くつろいだ雰囲気でポップコーンチョコレートをぱくついているが、表情はどことなく冴えない。彼はいつも、映画でも観ているような態度でタカツキの報告に耳目を注いでいるのだが、近頃は関心の低下が目立ち、よそ見が多い。

極端な猫背の姿勢で足を組んでいるためか、カキオカサトシの体はとても小さく見える。それでも、鋭く見開いたまなざしのせいで、静かにしていても雄弁をふるっているかのような印象を与える。黒い丸首セーターにコーデュロイパンツと装いは地味だが、身のまわりの品々はどれも質のいいものばかりであろうことが、一見してうかがえる。

報告自体への関心は薄い様子だが、カキオカは今、インターネット上の電子掲示板にすぐにも書き込みができる状態にある——よそ見が多いのは、ときどき掲示板の流れを追っているためでもある。

カキオカは右手の傍らにウェットティッシュのケースを置き、左手のクッションの上には一台の薄型軽量ノートパソコンを載せている。足もとにはゴミ箱と履き古したスニーカーが転がっている。ノートパソコンのディスプレーには、女性アイドルグループの話題を扱う電子掲示板が表示されている――電子掲示板の投稿者名欄には、「observer29」というハンドルネームがすでに記入されている。

いっぽうタカツキは、一〇〇インチのテレビモニターを背にしながら、一週間分のモニタリング内容を順を追ってボスに説明している。

テレビモニターの画面には、チームが各所で盗み撮りしたターゲット女性の姿が映し出されている。目下ターゲットにされているのは、芸能界のトップに君臨する女性アイドルグループの主力メンバーのひとり――その安定した人気の高さから、ファンのあいだでは長らくプリンセス《P》やクイーン《Q》の称号で呼ばれている存在である。

モニタリング映像は、ＨＤＭＩケーブルで接続されたパソコンからテレビモニターに送信されている。タカツキの説明に合わせる形で、サワザキコウタが重要場面を抜きだして適宜それらを再生させている。

モニタリングチームによるターゲット追跡の記録データは、専用サーバーにアップロードされて一括保存される仕組みになっている。

いかなるときでも当の記録データにアクセス可能な雇い主《カキオカ》は、その気になれば最前線のモニタリング内容も、ネットワークを介してリアルタイムで読みだすことができる。

そうした際に、カキオカのもとへ送られてくるのは記録データばかりではない。テキストメッセージでの簡単な状況説明も、本隊の担当者から逐一届けられる。

したがって、モニタリングチームと雇い主のあいだの情報共有に時差はない。

カキオカサトシの手もとの情報は、常時最新のものにアップデートされつづけている——だれよりも早く、表裏にわたってターゲットの生活を見通したいと望む彼のニーズに応え、チーム結成当初からそのようなシステムがとられている。

ゆえにこの、毎週金曜日の定例報告は、カキオカにとってまずは既知の情報のおさらいとして進められる——と同時に、日々時間ごとに更新される情報が補足されてゆく。

タカツキリクオがひと通り話し終えると、雇い主による総括がおこなわれる。

おさらいと補足の内容を勘案し、カキオカサトシが一週間のチーム活動への評価を下す。

それと合わせて、モニタリングチームに対する追加要求が出されるなどして、この業務はおしまいとなる。

総括の中身は、即刻メンバー全員に一斉送信メールで伝えられる。

雇い主の新たな要求を満たすべく、モニタリングチームの行動予定表もそれにふさわしく改訂されてゆく。

●

定例報告の最中は、カキオカサトシは大抵の場合、おさらいや補足の内容から挑発のネタを得て、タイミングを見計らって電子掲示板への書き込みをはじめる。

麻雀の摸打《もうだ》さながらに、種々の最新情報を選別しては、読み手の興味をそそるように彼はそれらを小出しに開示してゆく。

そんなふうにすることで、事情通としての優越感に浸るのが、彼には楽しいらしい。

匿名の投稿者間の競争心をわざと煽り立てて、高みの見物をする——それがカキオカサトシにとって日々欠かせぬ娯楽になっている。

ウェブ上でカキオカの挑発に嚙みつく匿名投稿者は、大半が口だけの野次馬にすぎない。

しかしときには、やたらと実行力のある無鉄砲者があらわれて、モニタリング合戦に参戦してしまう。

その果てに、ルール無用のゲリラと化してしまう連中を、カキオカ配下のモニタリングチームがいちいち駆逐せねばならなくなる。

そんなことが相次いでいるため、雇い主の不要な挑発癖にタカツキリクオは内心うんざりしてしまっている。

そうした状況を改善すべく、タカツキはこの機会に問題点を直接カキオカにぶつける。

「というわけで、今日はこちらからふたつの提案がある。ふたつの大事な提案がある」

ポップコーンチョコレートを食べ終えたカキオカサトシは、ウェットティッシュでぬぐった両手の指先をそっとノートパソコンのキーボードにのせている。

視線はディスプレーに釘づけになっていて、タカツキリクオの申し出にはまるで関心がないらしい。

ときおりにやつきながら、なにやら電子掲示板に書き込んでいるカキオカは、匿名投稿者らとのやりとりにすっかり夢中になってしまっている。

言葉を尽くして「ふたつの大事な提案」を願い出たつもりだったが、雇い主の無反応を目にしてタカツキリクオは深い溜め息をつく。

しばし様子をうかがうもやはり応答はなく、タカツキリクオはあきらめて、帰ろうというアイコンタクトをサワザキコウタに送る。

サワザキの帰り支度を待ち、退室しようとすると、タカツキは不意に呼びとめられる——カキオカサトシが、思い出したようにいきなりしゃべりだして提案をはねつける。

「でもそれってさ、提案じゃなくて単なる甘えだよね。こっちは結構な額のギャラ払ってるわけじゃない。大スクープとか大手柄立てたらボーナスだってやってる。つまり控え目に見ても、あんたらが受けてる待遇は決して悪いもんじゃない。それなのにさ、ちょっとくらい面倒な仕事が増えたからってなんなの？　そもそもあんたらみんなプロなんだから、ゲリラだろうがなんだろうが、どういう連中が相手でもきっちり出し抜くのが筋なんじゃないの？　泣き言はいいからさ、やるべきことちゃんとやってくれよ」

おおむね予想通りの雇い主の返答に、タカツキリクオとサワザキコウタは苦笑いして顔を見合わせる。

反論されたタカツキが口を開くより先に、サワザキコウタがカキオカサトシにこう問いかける。

「じゃあQを引っ越させるっていうアイディアも却下すか？　なかなか合理的だと思うんだけどな」

カキオカサトシは頰杖をつき、しらけきったまなざしをふたりの雇い人に向けている。首を横に振りながら、率直な物言いで彼はこう述べる。

「だからそんなのなんの意味もないって。だいたいさ、室内盗撮データなんか事務所に送りつけちゃったら、そっから物凄く警戒されだして、下手したら四六時中ガードマンとかが張り付くようになっちゃうじゃん。そんなことになったら、自分たちも仕事できなくなるってわかってんの？　それって本末転倒じゃんバカバカしい」

タカツキリクオが一歩前に出て応ずる。

「そんなことはわかってる。その分、単独で動く商売敵は自動的に、こちらがなにもしなくても一掃できるんだ。それにそういう厳しい状況になったときこそ、おれたちのような組織活動が俄然活きてくる。事務所が警戒態勢を敷けばおっしゃる通り、警護のプロが出てくるだろう。しかしそうなれば、むしろおれたちにとっては有利になる。大方のプロはパターンに沿って行動したがるから、ターゲットの動向を読みやすくなるんだよ。おまけに、お付きの人間が増えれば、情報の取り出し口もおなじだけ増える。とすると、こちらのモニタリングも正確性が格段にあがる。というわけで、一石二鳥なんだこの方法は」

カキオカサトシの表情は変わらない。またも彼は首を横に振りながら、

「だからそういうのは、単にあんたらが楽できるっていう話でしかないでしょ。おれはそんなの認めないから。つうかさ、根本的なことがわかってないよね。あんたらはおれの要望に応えるのが仕事だろ。そこ履き違えてもらっちゃこまるんだわ。そもそもおれは、商売敵の完全排除とか望んでないわけ。競う相手がいなくなったらおもしろさ半減じゃん。あの調子こいたカスどもに毎回吠え面かかせるのが楽しいの。あんたら雇い人のために、なんで雇い主のおれが醍醐味の一個を我慢しなきゃならないんだっつうのアホらしい」

タカツキリクオは、やっと得心が行ったような顔つきになって次の言葉を呑み込む――つづいて彼はカキオカサトシから目をそらし、眼鏡をはずして眉間を揉みながらおもむろにうつむいてしまう。

年上の相棒はすでに雇い主への説得を断念している様子だが、サワザキコウタはなおもカキオカに食い下がる。

「でもそれじゃあさ、昨夜の連中が仕掛けたカメラとかはどうすんの？　Qの部屋んなかに絶対まだ仕掛けてありますよ。おれらは原則家捜《やさが》しとかはしないルールだから、マンションのなかのもんには手出しできない。このままほっといたら、あいつらがそのうち回収して、やばいデータが表に出てきちゃうかもよ。それ、今のうちから食い止めとかないとまずいんじゃない

の？」

「そりゃそうだろうけどさ」カキオカは相変わらず、しらけきったまなざしを送っている。

「だったらどうするんすか？」

「そんなの、おれが知恵絞ることじゃねえもん。あんたらが頭使ってなんとかすればいいじゃん」

「いやだから、頭使ったわけですよ、タカツキさんが。んでQを、どっかよそのハイセキュリティー・マンションとかに引っ越しさせるのがベストだって結論に達したのに、それを即却下って……」

「別な方法考えればいいじゃん」

「簡単に言うなあ。だったら今回はペナルティー免除にしてくださいよ」

「はあ？　ほんとわかってないねえ。それが甘えだって言ってんじゃん。なんなら今すぐペナルティーとっちゃってもいいんだよ」

サワザキコウタはおどけ顔で降参というふうに軽く両手をばんざいして、そこでついに交渉を打ち切る。

ふと隣を見ると、タカツキリクオが中腰の姿勢になっていて、眉間を揉みながらうつむいているのに気づき、サワザキは心配げに声をかける。

「あれ、また耳鳴りっすかタカツキさん」

サワザキが背中に手を置いて気づかってくれたのに対し、タカツキリクオはこう答える。

「ああ。頭痛もひどい。すまんがちょっと待っててくれないか」

タカツキは、症状がおちつくまでその場にしゃがみ込んでしばらく休むことにする。

その間、サワザキコウタはタカツキにつき添いつつ、スマートフォンで本隊の現状確認をおこなう。

カキオカサトシは、雇い人の急な不調を目の当たりにしても顔色ひとつ変えずにいて、ソファーからも動かず電子掲示板でのやりとりをつづけている。

だがその数分後、ネット口論にもとうとう飽きたのか、カキオカは突然いらだたしげにノートパソコンを畳んでしまう——そしてソファーにふんぞりかえり、先ほどの話題を自ら蒸しかえす。

「そういや、さっきのカメラのことだけどさ。ほらあの、Qんちに仕掛けられてるってやつ。おれとしてはぶっちゃけまあ、どっちでもいいかなって気もしてるんだよな」

サワザキコウタが透かさず訊ねる。

「どっちでもいいってのはつまり?」

「回収されて、やばいデータが表に出ようが出まいがね。どっちでもいいかなって」

「そりゃまたびっくりな心境の変化だな。でもおれらはペナルティーとられんでしょ?」

カキオカサトシは乾いた笑い声をあげて首を横に振る。

「早合点すんなって、それ被害妄想入ってるから。そうじゃなくてさ、なんつったらいいかな……」ここからカキオカサトシの口ぶりはいささか照れまじりになる。

「じつはさ、ユイはもういいかなって思ってんだよね」

ユイというのはターゲットになっている女性アイドルの芸名――サワザキコウタはさらに問いただす。

「もういいってのは？」

「だからさ、彼女はもうモニターしなくていいかなと、おれは思ってる」

「ええっ⁉ それじゃあおれらも全員用済みってこと？」

カキオカサトシはふたたび乾いた笑い声をあげて否定し、理由を素直に白状する。

「だからあわてんなって。正確に言うとさ、ユイは本物のQじゃないってことが、最近明らかになりつつあってね。残念ながら、どうやら彼女は該当者じゃない。そういう可能性が高いんだ。おまけにさ、おれがそのことに気づいたのは、笑えることにあんたらのモニタリング内容からってわけじゃないんだな。まったく、皮肉な話だろ？ アホみたいに金使ってこの数年、情報集めてたのにな。その挙げ句、二四時間体制のモニタリングチームまで雇ったってのに、結局おれはネットのカスどもと大差ない、間抜けな情弱でしかなかったってわけだ」

右手のクッションを思いきりカーペット敷きの床に叩きつけて、ソファーから立ちあがると、カキオカサトシはゆっくりと近寄りながら滔々と弁ずる。

「しかしまあ、そんなのはどうだっていいことだ。たしかにおれは大金をドブに捨てちまったかもしれないが、重要なのは、それでも真実を見逃さずに済んだってことだ。というのも、今度こそ本物と見て間違いなさそうな人材が登場したわけ。エクストラ・ディメンションズって知ってるだろ？　先週デビューした三人組。みんなEDって呼んでるな。とりあえずさ、あれがどんなもんか、ここんとこずっとチェックしてたわけ。正直こっちは今アローヘッド対策の準備でそれどころじゃないんだが、それでもついついチェックしちゃってたんだよ。んで、一昨日くらいにさ、なるほどこいつは相当なもんだなって、おれのなかで結論が出てね。まず、あれは売れるよ。しかも物凄く売れる。現状でもかなり売れてるからな。これからはEDの時代がつづく。二〇一〇年代はEDの世紀になるだろう。確実にそうなる。現時点でアンチが山ほどいるのもそれを裏付けてる。あれは大変なポテンシャルを秘めてる新人だからな。言ってみりゃ、かつて一度も出現したことのない、未知なる展開を期待できるグループだ。そう断言することになんの躊躇《ちゅうちょ》もないね」

カキオカサトシはこのとき、サワザキコウタの目前に立って熱く自説をぶっている。

タカツキリクオもようやっと体を起こし、雇い主の話をまともに聞ける状態にまで回復している。

カキオカはつづける。

「となるとさ、こちらとしては、本物のQはここにいるんじゃないかと考えるのが自然だろ？

おれはここ数日、ずっと迷ってたわけ。どっちの方角に焦点合わせるべきかってね。じっくり検討したいところだが、早く結論を出さなきゃ手遅れになっちまう。さすがにさ、二正面作戦はとりたくないわけ。モニタリングチームをふたつも雇う気はないし、二兎を追う者はってことになりかねないからな。だからそろそろ、ターゲットをひとりに絞らなきゃならない。そこでおれはいつも通り、自分の直感を信じることにしようかと思いはじめてるわけだ。それがおれの今の、偽らざる心境ってこと」

タカツキリクオがひさしぶりに口を開く。

「直感てのは、つまり?」

「モニタリングの対象を、EDのミカに変えようかってね。だってさ、彼女こそが本物のQに思えて仕方がないんだよ。デビューしてまだ間もないってのに、あそこまでネットで叩かれるのは末恐ろしいじゃないか。まぎれもなくあれは普通じゃない、何者かではあるよ」

●

二〇〇九年一二月一八日金曜日、午後七時四三分——銀座コリドー街の焼き鳥居酒屋。個室でテーブルを挟んで向かい合う、タカツキリクオとノダショウジのふたり。

「ED? ああ、エクストラ・ディメンションズね。あんなの売れるかな。つうかありゃ単なる色物だぜ」

煙草の煙を吐きだしながらそう指摘すると、ノダショウジは升酒をひと口飲んでさらにつづける。

「三人組っていうか、いちおう人間とボーカロイドキャラとヒューマノイドロボットの混成ユニットってことになってるがな。例によってメンバーは今後も増員してくみたいだ。ゆるキャラとか動物とかもグループに入れるって話もあるな。ロシアンルーレットでセンター決めるって話もある。まあむちゃくちゃだよ。マルチメディア展開やら双方向企画やらもいろいろと用意してて、ゆくゆくは南の島に新しい自治体立ちあげるとかなんとか言ってるけど、それがヴァーチャルになのかリアルになのかは定かでないわ。メンバーのジャンルがばらっばらだから、当然ファンもさ、対立民族同士が一箇所に強制移住させられたみたいになってて、初っ端からいがみあいがヒートアップしちゃってて大変なことになってるらしい。裏方のほうも一枚岩じゃないしな。スポンサーメーカーなんかも絡んでるから、舞台裏はなかなか複雑みたいだ。意外なことに、ヒューマノイドロボットがいちばん人気あるんだとさ」

ノダショウジが吐きだす煙草の煙を鬱陶しげに手で払いながら、タカツキリクオは問う。

「それで、ミカってのはどうなんだ？」

「どうなんだって言われてもな。デビューしたての一八歳ってことしかわかんねえよ。たしかにグループ自体はさ、毛色が変わってるから今どきの新人にしちゃあそこそこ話題にはなってるし、盛りあがってるように見えないこともないがどうだかねえ。話題性だけ高くてもな。じゃあそのミカってメンバーが、たとえば半年後にさ、おれたちが追っかけなきゃならんほどの存在になってるかって訊かれても、微妙だなとしか答えらんない。まだ色物の一員でしかないからな。よっぽどの事件でも起こしてくれりゃあ話は別だけどさ、ちょっとやそっとのことじゃ今はなあ、所詮はコップのなかの嵐にしかならん。どっちにしろ、カリスマ性ってもんをその子がほんとに持ってれば、半年も待たずにグラビアでもなんでも出まくってるだろ」

「でもあれなんだろ、ミカってのはもうネットでえらい叩かれてるそうじゃないか」

「らしいねえ」

「仕込みじゃないのか?」

「詳しくは知らんが、ちがうんだとさ」

「へえ」タカツキリクオはやや目を丸くする。

「しかしまあ、そらあれだろ、今んとこグループに人間のメンバーはひとりしかいないから、必然的にさ、その子が悪役を一手に引き受けさせられちゃってるってことなんじゃないの?　人造メンバーのほうは万事きれいにつくりこめるけど、人間となるとリアルな人生送ってきてる以上は突っ込みどころゼロってわけにはゆかないから、比較されればきついよな。プロフィールだのなんだの片っ端から揚げ足とられて、だから人間は駄目なんだって結論されちまう。近頃はどうもそういう論調が主流だろ?　当人からすればたまったもんじゃないぜ。実際、自分自身は突っ込みどころしかないハナクソみたいなやつらがこぞって偉そうに論評してやがる。人間どこにいても、手前を他人よりデカく見せたいって気持ちは湧いてくるらしいな」

「そのハナクソのひとりに、おれは雇ってもらってるってことだ」

自嘲気味に鼻で笑い、タカツキリクオはウーロン茶を口にする。

気まずい間があくのを避けるように、いささか不満げな表情でノダショウジが訊ねる。

「ほんとに飲まねえんだなしかし。やめてどんくらい経った？」

「つってもまだ三週間くらいかな」

タカツキリクオは眼鏡をずらして眉間を揉んでいる。

「一滴も？」

「ああ」

「煙草もか？」ノダショウジはまたも煙を吐きだしながら問いかける。

「そうだ」

「そんなに不調なのか？」

「どうなんだか、よくわからん」

「なんだよそれ。調子悪いから酒も煙草もやめたんだろ？」

「まあそうなんだが、いつもってわけじゃないからな。たまにさ、急にくるんだよ。耳鳴りとか、頭痛とかが」

「自律神経じゃないのか？　めまいとかは？」

「ああ、あるな」

「鬱っぽかったりもするのか？」

「うん。ないとは言えないな」

「そらいわゆるミドルエイジクライシスってやつじゃないか」

「そうなのかな」

「なにしろ今年はおれら大厄だからな。いろんなことに襲われるだろうさ」

ノダショウジの吐きだす煙草の煙で目の前が真っ白になるなか、タカツキリクオは力なく笑う。ハハハと声に出し、伏し目がちになって焼き鳥の串をつまみ、その先っぽのあたりで空いている皿を叩いてしばし黙り込む。

「イシイは最近どう？」

伏し目のままだが、タカツキリクオはやっと沈黙を破る。

「快調だ。元気にやってる。相変わらずだよ。電話してみりゃいいじゃん。直接しゃべりゃいい。もういいだろ、そろそろさ」

ノダショウジも伏し目になっている——返答しながら彼は升に手を伸ばす。

「さあ、どうかな。どのみちそれはおれが決めることじゃない」

タカツキリクオは瞼《まぶた》を閉じる。

「おいおい、まだそんなこと言ってんのか。あいつはおまえのことなんかなんとも思っちゃいないよ。嘘じゃないって。あいつはそんな、根に持つやつじゃない。つうかそもそもあいつはおまえを恨んじゃいないんだ。あいつはだれも恨んじゃいない。わかるだろ？」

タカツキリクオは卑屈な笑みを浮かべ、片手で焼き鳥の串をへし折る。

無言の元同僚に対し、ノダショウジは強い口調で訴える。

「先週の九日で、丸二年だ。あれからもう二年だよ。そんだけすぎたんだ。月日がな。いつまでもくよくよしてんのはな、おまえだけだよタカツキ。イシイはとうに前向いて生きてる。だからあいつはすぐ仕事に戻ったんだ。それなのに、おまえのほうが辞めちまって。おまえはな、うちからいなくなるべきじゃなかったんだよ。未だに裏でタレントのケツ追っかけてるんなら、張り班に留まって表の仕事つづけるべきだったんだ」

タカツキリクオは言葉を発さずにただ何度か首を横に振る。

「とにかく、イシイはなんも気にしちゃいない。それにな、あいつからしたら、おまえにいつまでもくよくよされることのほうが迷惑だって話だ。イシイはおまえを責めたか？　そんなことはいっぺんもなかっただろ？」

厳しい顔つきでタカツキリクオは受け答えする。

「ああ、その通りだ。だからこそ、おれからイシイには連絡しない。これ以上あいつに迷惑はかけられない。あいつの日常におれが入り込む余地はない。おれが決めることじゃないって、さっき言っちまったが、ちがうな。あのことが、自分のせいだって認識は、おれのなかじゃ変わらない。それは一生変わることはない。あの夜おれがイシイを呼びださなきゃ、あいつの妻子が死ぬことはなかった。少なくともふたりが事故に遭うことはなかった。あいつが家庭を失うきっかけをつくったのはこのおれだ。それはたしかなことだ。その事実があるかぎり、おれに許されるのはせいぜい亡霊みたいにこの世の暗がりをさまようことくらいしかない。イシイの生きる、日の当たる世界におれが自分から足を踏み入れることは絶対にない。おれは自分でそう決めたんだ」

ノダショウジはひたすら煙草を吸うばかりで、ひと言も言いかえせなくなってしまう。

ふたりのいる個室のなかは、ノダの吐きだす煙草の煙でいっぱいになってしまう。

しばらくのあいだ、店内の騒がしい人声や物音だけが個室のなかに響きつづける。

グラスが床に落ちて割れる音と、自らの不手際を詫びる店員の声がつづけざまに聞こえてくる。

ウーロン茶の残りを飲み干すと、タカツキリクオはノダショウジに微笑みかけて店のオーダー伝票をさっとつかみとる。

「今日はこんくらいにしとこう」

仕方ない、という表情でノダショウジは煙草の先を灰皿に押しつけて立ちあがる。

個室を出る前に、タカツキリクオは元同僚に本日分の代価を支払う。

「来週火曜日の晩、六本木ヒルズの映画館に行くといいことがある。映画を観る気があるなら、スクリーン7でやってるピクサー・アニメにしろ。たしか九時すぎの回だ」

ノダショウジは真顔で素早くメモ帳を取りだし、得たばかりの情報を書きとめる。

「なあ」メモをとり終えたノダが、会計に向かうタカツキリクオの背中に話しかける。

「おまえさ、表に戻る気、まったくないの？」

タカツキリクオは即答する。

「ああ、まったくない。さっき言った通りだ」

ノダショウジは、首を横に振りながら苦笑いする。

4

二〇〇九年一二月二五日金曜日、午後五時一六分――プロビデンスビル最上階。レクリエーションルームで臨時会議を開いている、モニタリングチームの面々とカキオカサトシ。

集まったチームメンバーは、リーダーで元警官のナンゴウタクマ、元芸能事務所社員のミズタケイイチ、元区役所職員のキタザトリュウ、元警備員のヒガシジママサル、逮捕歴のある元追っかけのアオヤギケイコ、そしてミドリカワユウゾウ、サワザキコウタ、タカツキリクオの八名。ニシタニショウイチとハイバ兄弟はウェブカメラでの参加。クロイワナオミは所用のため不参加――彼氏とのクリスマスデートのためと見られている。

出席者たちは、室内中央のソファーに腰かけたり、カーペット敷きの床にべったり座り込んだり、壁に寄りかかっていたり、一〇〇インチのテレビモニターを背にしながら皆に語りかけたりしている。

タカツキリクオは、ひとり壁に寄りかかっていて、まわし読みの最後に手もとに渡ってきた本日発売の写真週刊誌を広げ、その巻頭記事を眺めている。

同記事には、「熱愛発覚！　超人気アイドルグループの女王と〝イケメン〟プロ野球選手のアツアツ映画館デート&お泊まりの一部始終」というキャプションがついている。無防備にも、劇場内でキスするふたりをとらえた、デート現場の盗撮モノクロ写真に冷めた目つきを向けているタカツキは、文章を一読もせずページを閉じてしまう。

カキオカサトシからは事前に、ターゲットの変更という重大事がチームメンバーに通知されている。

その通知を受けて招集されたこの臨時会議では、新たなターゲットとなるエクストラ・ディメンションズのミカについてのガイダンスがおこなわれている。

ミズタケイイチによるガイダンスを頼りに、現時点で判明している、新ターゲットの個人情報をチーム全体でまず共有する。

その上で、チーム運営上の不備をあらためるべく、追跡方法やルール面の見直しがはかられる——作戦面はタカツキリクオ、技術面はハイバ兄弟、ターゲットのプロファイリングはアオヤギケイコが中心となって検討を重ねてゆく。話し合いが持たれ、議題ごとに多数決をとるが、紛糾した場合はリーダーの一存で可否が決まる。

また、当然ながらすべては雇い主のニーズに沿った決定でなければならない。カキオカサトシがじかにチーム運営に口を出すことも珍しくはない。

議論がまとまれば、早速に行動予定表の作成にとりかかる——行動予定表の作成等々の事務的な業務は、キタザトリュウが受け持っている。それと並行して、チームメンバー各自がさらなる情報収集を進め、モニタリング活動を速やかに開始できるよう態勢を整える。

ハイバ兄弟は、ここぞとばかりにルール改正を要請してくる――今後はモニタリング現場の情報インフラを積極活用するよう、チームの方針を刷新したいと彼らは強く迫る。

どうやらすでに雇い主への根まわしも済ませていたらしく、ハイバ兄弟の要請にカキオカサトシが逸早《いち》く賛意を表明する――それによっていっそうきめ細かな情報収集が可能となるなら利用しない手はなかろうと、カキオカはチーム全員に説き勧める。

ナンゴウタクマはとっさに歯がみするような顔つきで目配せして、助け船を出せとタカツキリクオにもとめてくる。

タカツキリクオは、ふたつ年上のリーダーに助勢し、一週間前サワザキコウタに聞かせた自制ルールの趣旨説明をおこなう。

だが今回の論争においては、あらかじめボスを落としていたハイバ兄弟に分がある。

とりあえず試験的にでも、兄弟がやりたいようにやらせてみればいい――カキオカサトシのこうした勧告で、当の論争はいったんけりがついてしまう。

●

午後六時九分――討議が終了し、会議が閉幕に向かうなか、ナンゴウタクマがミドリカワユウゾウを一〇〇インチ・テレビモニターの前に呼びだす。

「おしまいにひとつ、みんなに知らせることがある。じつは昨夜、ミドリカワさんから脱退の申し出があった。そこでこの会議の前に、ミドリカワさんとボスとおれの三人で今後のことを話し合ったり注意事項の確認をして、申し出を受理した。ちなみに、みんなもわかってるはずだが、ルールさえ守ればこのチームに入るも脱けるも自由だ。世間一般にとっては、こういうのは日陰者の仕事かもしれないが、しかしおれたちはみんなボスときわめて公正な契約を交わしてここにいる。そういうわけだから、これからも安心してそれぞれの業務に励んでくれ。なにかこまったことでもあれば、ただちにおれに直接話してほしい。メンバー個人の私的問題にも、このおれが一〇〇パーセント対応する。幸いなことに、ミドリカワさんの脱退はまったく円満なものだ。定年退職みたいなものだから、みんなも気持ちよく送りだしてあげてほしい。さしあたり、代わりのメンバーを補充するまではミドリカワさんにはいてもらう。しかし次にこうして集まるのはいつになるかわからないから、みんなにはこの場で先に伝えておくことにした」

語り終えたナンゴウが脇にしりぞくと、ミドリカワユウゾウが一歩進み出てぺこりと頭をさげ、今まで皆さんありがとうございましたと挨拶を述べる。

腕組みしながらミドリカワのわかれの言葉を聞いているタカツキリクオのもとに、すっとサワザキコウタが近寄ってきて小声で問いかける。

「ミドさんやめちゃうって知ってました？」

「ああ。昨日電話もらってな」

「そうなんだあ。とめなかったんすか？」

「とめるってなんで？」

「なんでって、ミドさんですよ？　いなくなったらやっぱさみしいですよ」

「でもおまえ言ってたじゃないか。こいつはやめどきにも気づけない、やばい仕事なんだと。ミドリカワさんは賢明だってことだ。あの人は、やめるのは今だって自力で気づけたんだからな。立派な決断だよ」

サワザキコウタは眉間に皺を寄せながらミドリカワを見つめ、

「いやあ、なんかショックだな。ご意見番とか名誉監督とかなんでもいいから、この先も残ってくれないすかね」

ミドリカワユウゾウが挨拶を済ませると、ナンゴウタクマが閉会を告げ、解散となる。

行動予定表はこれから二四時間内に仕上げられ、各々のスマートフォンに送信されることになっている——そしていつも通り、当番ごとに本隊業務についてゆくことになる。

レクリエーションルームからの退室間際、タカツキリクオはナンゴウタクマに呼びとめられる。

「なあタカツキ。おまえも行くんだよな、スカウト。行くんだろ？」

タカツキリクオは少々いらついた顔で応ずる。

「そのつもりだけど。いつですか？」

「正確な日時はまだたしかめてないが、じきだ。暮れから年明けにかけて二回くらいあるみたいだから、そこでな。どのみち早くやらないとな。欠員埋まらないとまずいから」

「場所はまた、渋谷の勤労福祉会館ですか？」

「たぶんそうだろう。会場変えるって話は聞いてない」
二、三度軽く頷いて、タカツキリクオは立ち去ろうとする――開いているドアの向こうでは、ミドリカワユウゾウがタカツキを待っている。
「それでな」ふたたび声をかけられて振り向いたタカツキに対し、ナンゴウタクマはこのように言い添える。

「じつはさ、もうボスがな、なんかひとり見込みありそうなやつを見つけてるっていうんだよ。ネットやメールとかでやりとりしてるそうなんだが、そいつもそんとき一緒に面接してやってくれって」

ああそういうことかという表情でタカツキリクオは一瞬天を仰ぎ、溜め息をつく――そして彼は、ソファーに座ってミズタケイイチとなにやら話し込んでいるカキオカサトシを見やる。

「そいつも一緒に面接するとして、採不採もおれたちが決めていいんですか？」

「いやまあ、ボスの意向だからな。そこはいちおう尊重しないとな」

ナンゴウタクマは途端に弱々しい口調になる。

「だったら面接の必要ないじゃないですか」

「おれに言うなよ」ふんと鼻から大きく息を吐きだして、ナンゴウは思い出したようにつけ加える。

「ただな、見込みはたしかにありそうなんだ。EDに物凄く詳しいやつだっていうからさ」

タカツキリクオはあきれ顔になり、

「物凄く詳しい？　そんなのなんの根拠にもならんでしょう。デビューしたての新人なんだから、だれだってひと晩で物凄く詳しくなれますよ」

板挟みになってうんざり顔のナンゴウに、タカツキリクオはこう言い置いて足早に部屋をあとにする。

「とにかく、やることはやりますよ。日時がわかったら連絡ください」

●

二〇〇九年一二月二五日金曜日、午後七時八分——銀座並木通り沿いの高級寿司店。

畳敷きの個室に案内されて、テーブルを挟んで向かい合う、タカツキリクオとミドリカワユウゾウのふたり。

タカツキリクオは席に着くも、驚きの色を隠せぬままミドリカワに話しかける。

「ほんとにいいんすか？」

ミドリカワユウゾウは優しく笑いながら頷いてみせる。

「いいんだってば。たんまり持ってきたからさ。気にしないでタカツキちゃん」

「しかしな、来ちゃってから言うのもなんだけど、お孫さん生まれたんだったら貯金しといたほうがよくないすか？」

細い目をさらに細くしてミドリカワは顔の前で右手を左右に何度も振る。

「ハハハ。心配ご無用。言ってなかったけどさ、これ別にね、いっときかぎりの臨時収入ってわけでもないのよ。この三ヵ月くらいのあいだかな、ちょっとびっくりしちゃうほどいろいろうまくいっちゃってね。そらもう怖いくらい。マジな話よ。だから今日はさ、ぱーっとやっちゃって。さんざんお世話になったお礼だから。ほんとにさ、タカツキちゃんには感謝してんのよおれ」

嬉しそうに乾杯してビールを飲み干し、室内をきょろきょろ見まわしているミドリカワに対し、タカツキリクオは神妙な面持ちで詫びを口にする。

「いや、さんざんお世話になったのはおれのほうですよ。それに、結果的にはまんまとあいつの小細工にひっかかっちまってたわけだから、おれは感謝される資格ないですよ。あの野郎、体のいいこと言ってやがったけど、ミドリカワさん、要するにナンゴウにはめられたんでしょ？　はめられてやめさせられたってことなんじゃないですか？　おれそれに気づいたの、ついさっきですからね。われながら肝心なときに鈍感すぎて情けないですよ」

ミドリカワユウゾウは微笑みを崩さずに刺し身をつまみつつ、タカツキの疑問に答える。

「ナンゴウちゃんはさ、サトシさん以外に、自分よりも上の人間がいるのがいやなんだよ。やりづらいんだろうね。わかるよ。おれだってそういうのは避けたいもんね。でもおれ、たまにちょっとさ、年上面してこうるさくなるときあったでしょ。だから仕方がないのよ。そうなったら、どっちかが出てゆかなくちゃうまくゆかんのよ」

タカツキは押し黙り、箸を持ってはいるが通し物にさえ手をつけていない。

それを見かねたミドリカワは、いきなりからからと高笑いしてみせて、張りつめた空気を緩める。

「まあとにかく食いなって。さあ食わなきゃ。ほら」

ミドリカワにぐいぐい勧められ、タカツキリクオはようやく箸を動かしはじめる。

「そうそう、それでいいのよ。そうね、その調子で、食べながら聞いてちょうだいよ。あのさ、タカツキちゃんはどうも誤解してるようだけど、おれはなにも、追い込まれてクビにされたんじゃないんだよ。そらそうよ。いくらナンゴウちゃんに嫌われてるっつってもさ、おれほら、タカツキちゃんもよくご存じの通り、まあまあ知恵がまわるほうではあるからね、そう簡単にはめられたりはしないんだ。ましてやさ、ナンゴウちゃんごときの浅知恵よ？　ひっかかんないひっかかんない。タカツキちゃんも平気だってば。あの石頭じゃ子どもだってだませやしないよ。そうでしょ？　ハハハ」

釣られてタカツキリクオも笑ってしまう。

「おれはほんとに自主的にやめたの。なんでかっつったら、電話で言った通り、孫が生まれたってのもそのひとつ。でもね、それだけじゃないんだわ。ほらこうしてさ、タカツキちゃんを今日こんな店につれてきて、密談に誘ったのはさ、じつはそのことを話したいと思ったからなのよ。タカツキちゃんだけには教えてあげたいと思ってさ。お礼もかねてね。さっきおれ、この数ヵ月にさ、怖いくらいいろんなことがうまくいったって話したでしょ？　率直に言っちゃうとさ、ここだけの話、バカみたいに儲けたわけ。お金をね。ほら、FXってあるじゃない。外為取引ね。それがさ、とにかくもう順調だからさ、あっちの仕事は必要なくなっちゃったわけ」

タカツキリクオは予想外だという顔つきで箸をとめてしまっている。

「それは知らなかったな。ミドリカワさんそういう才能あったんだ。そのうちカキオカのやつも抜いちゃうんじゃないですか？」

まずは半分冗談でかえしたつもりか、タカツキリクオはにやにや笑っていたが、ミドリカワユウゾウはそれを真面目に受けとっている。

ミドリカワは、真顔で透かさずこう返答する。

「うん、このままだとね、それもそう遠くないかもしれないよ。今だから言うけどおれ、はじめの頃はさ、あの仕事やってたらそのうち、サトシさんから投資のテクニックとか教えてもらえるんじゃないかなって、密かに期待してたとこあったわけ。でも甘かったよね。そんなことあるわけなかった。やっぱりそういうことはさ、自分の力でなんとかしなきゃならない。おれもね、そんなふうに思い直して、どうすりゃ一攫千金いけるか、必死になって方法を模索してみたんだよ。最初はよくわからんかったけど、インターネットもたくさん活用するようになってさ。その点では、あの仕事やったのがよかったよね。知らないこともいろいろ学べたからな。でね、こっからが肝心なんだけど、とうとう見っけたわけ。一攫千金できちゃう途轍《とてつ》もない方法をさ。でもね、さっきおれFXやってるって言ったけど、そっち方面の必勝術とかじゃないわけよ。そういうややこしいことじゃないの。なんなら別にFXじゃなくたっていいんだ。やることはなんだっていいの。おれはたまたまFXで儲けたってだけ。株だって宝くじだってギャンブルだってなんだっていいはず。おまけにこれは、金儲けにかぎった話でもない。とにかくほんと、とんでもなく凄い方法なんだけど、いたって単純なんだわ。タカツキちゃんもすぐに使えるようになるから、だまされたと思って試してみてよ。これマジよ。嘘じゃないから」

タカツキリクオの表情からはすっかり笑みが消えている。悪徳商法の勧誘みたいな物言いをするミドリカワの異様な熱気に戸惑い、彼は合いの手を入れることすらできずにいる。

細い目をかっと見開いてミドリカワはつづける。

「引き寄せの法則ってあるでしょ？　聞いたことあるよね？　いろんなのあるみたいなんだけど、おれが見っけた方法ってのも、その一種。インターネットで見っけてさ、試しにやってみたわけ。そうしたらそれからラッキーの連続なのよ」

ミドリカワユウゾウはからからと高笑いしてみせる。

「その引き寄せの法則をね、わかりやすくまとめてくれたホームページがあんの。これがまたびっくりするほどわかりやすいんだわ。世の中にはまださ、ケチケチしてない親切な人がいるんだね。おれみたいなのろまにはほんと助かる。大助かりよ。なんだかんだと言われること多いけど、インターネットって捨てたもんじゃないね。そら悪いやつもいることはいるけどさ。口汚い罵りばっかりだしね。でも基本的には、いい人中心で動いてる。おれの実感ではね」

苦笑いがひきつり、それをごまかそうとしてタカツキリクオはお茶をすする。

「そもそもはね、投資関連の掲示板でさ、ＦＸの話題扱うとこをずっと見て勉強してたのよ。なにしろおれ下手くそでちっとも勝てなかったからさ、みんなどういうふうにしてるのか気になって、毎晩寝る前に三〇分ばかり投資術を調べてたわけ。そうしたらね、結局は手法じゃないんだって。いちばん大事なのは頭じゃなくてここ、気持ちなんだって。要するに心構えとか気構えね。そういう意見が目立つの。圧倒的に。勝ってる人らの意見。へえそうかと思ってさ、おれもここはひとつどっしり構えようと決心して、試してみたんだけど、実際のところはそれこそが難しいのよ。強気になるのってそう簡単なことじゃない。マイナス思考ってあるでしょ？　どっか、抜けないのね、自分のなかからさ。だからおれみたいなのはずるずる負け越しちゃう。そんでね、これはどうしたもんかなって思ってたときにさ、掲示板でどなたかが紹介してくださってたのが、例のホームページだったのよ」

ミドリカワユウゾウはスマートフォンを取りだし、「Law of attraction／最新メソッドまとめ」という名のサイトをブラウザに表示させる。

「ここここ、このホームページ。ロー・オブ・アトラクションって書いてあるのかな。引き寄せの法則ってことね。こういうのって、発端はさ、欧米のキリスト教徒のあいだで広まった宗教運動みたいなんだわ。ニューソートというやつね。いわゆる自己啓発とか、意識改革とか、そういうもんよ」

先ほどとは打って変わり、遠慮なくにぎり寿司を頬ばりながらタカツキリクオがこう補足する。

「著名人の成功哲学なんかも、たしかその系統ですよね」

やっとタカツキが話に乗ってきたと受けとってか、ミドリカワユウゾウは満面に笑みをたたえてさらに興奮した面持ちになる。

「そうそう。これね、ナポレオン・ヒル。成功哲学の元祖。ほらここにも出てるでしょ。『思考は現実化する』。何百人もの成功者に共通する法則を書いた本だって。凄いよね。もとは戦前に出た本だよこれ」

ミドリカワユウゾウは、おぼつかない指使いでスマートフォンを操作しつつ、タカツキにサイト内のどのページを見せようか迷っている。

「ナポレオン・ヒルのこの本はさ、ほらわかる？　辞書みたいに分厚いの。『思考は現実化する』って題名には惹かれるんだけど、何百ページもあるんだよな。だからちょっと気後れしちゃってさ、おれなんかは手が出ないんだわ。でもね、このホームページにさ、ありがたいことに要約が載ってんのよ。ホームページつくってる人らが、わざわざ要点を抜き出してくれてるの。ほんと親切」

しばしなにやら感じ入った様子で、ミドリカワはスマートフォンの画面を見つめる。

「引き寄せの法則の本て、そらもうたくさん出てて、種類もいろいろあるからさ、おれみたいな後追いはなにから読んでいいのかわかんなくてまごついちゃうわけよ。全部の本なんか読もうとしたらえらいことになっちゃう。ところがこのホームページにさ、要約がずらっと載ってんの。ただで中身がわかっちゃう。ああこういうことかってさ、苦労しないで理解できちゃうわけ。日本でまだ出てないような本もね、有志の人らが注釈つきで内容紹介してくれてるの。要点の箇条書きだからさ、すらすら頭に入っちゃうのね。水飲むみたいにするする呑み込めちゃう」

「へえ便利だな」タカツキリクオはアワビのにぎりをつまみながら相槌を打つ。

「そうでしょう。この手のものは要点さえわかってればいいからって、親切な人らが気前よく教えてくれるんだわ。そういう無償の奉仕というか、布教活動もさ、成功の秘訣だからっていうんだけど、なんにしても博愛的な、素晴らしい仕組みよ。最初のうちは何人かが情報集め合ってお互いに補い合ってただけだったみたい。でもそのうちにさ、類は友を呼ぶじゃないけど、ボランティア精神の輪がそっからまた広がってって、ホームページがこんなに充実しちゃったんだって」

「それはいいとこ見つけましたね」

「うん、ほんとにそう。だってここはさ、本の内容紹介だけじゃないのよ。閲覧者が増えてきたらさ、今度は法則を実践してみた人らが、この方法は成功したとか失敗したとか、経験談を寄せたりなんかもするようになったのね。だから百科事典みたいに記事がどんどん貯まってくの。しかもそういうのがすぐに、チャート式にわかりやすくまとめられてくわけ。もう大助かり。こういうことなんだね、情報化社会っていうのはさ」

「似たようなサイト、ほかにも結構ありそうだけど、大抵は商品広告とか、宣伝目的のカモフラージュだったりしますから。純粋にユーザーの持ち寄りだけで成り立ってて、使い勝手もいい有益な情報共有サイトって、滅多にないんじゃないかな」

ミドリカワの興を削がぬ程度に、タカツキリクオは気のない口調でそう応ずるが、所詮は他人事と受けとめている印象は隠しきれていない。

「ああ、そうなのかな」

タカツキの食いつき方がいまいちだからか、ミドリカワユウゾウはどことなく物足りなさそうな表情をしている——しかしその瞳孔はなおも大きく開いていて、オルグをあきらめた気配はない。

「ただ、情報量がそんなに膨大だと、どれが自分に役立つ方法なのかを見極めるまでに、かなり時間かかりそうですね」

「いやあ、おれはそうでもなかったけどな」

「ミドリカワさんは開設して間もない頃から見てるからじゃないですか？」

「というかあれよ、要点の箇条書きだからわかりやすいの」

「でも、それも数が多ければ読みきるのもひと仕事だろうし、経験談てのがチャート式にまとめられてるにしても、先に方法の種類を知っとかないといけないだろうし……」

ミドリカワは薄ら笑いを浮かべて聞いている。タカツキは疑問点をさらにつけ加える。

「方法のあらましをひと通り読んどかないと、種類の中身もわからない。いや、それだとさっきの分厚い本みたいに、情報過多で初心者が尻込みしちゃうんじゃないかと思って。どうなんだろう、これは人によるのかな」

ミドリカワは途端に破顔して言う。

「ところがそういうのはまったく問題ないんだわ。なぜかっていうとさ、引き寄せの法則ってことでは、根本の部分はみんな一緒だからね。つまりさ、たとえ話でもなんでもなく、本当に『思考は現実化する』ってことなのよこれは。願えばなんだってかなうっていうのが、この法則の大原則。要はね、その大原則が絵空事じゃない当たり前の物事なんだって、自分の頭んなかにしっかりと根づかせること。それさえできれば、効果はおのずと出てきちゃうわけ。そうすればさ、好きなだけ儲けられるしなんでも手に入れられるし病気だって治せちゃうのよ。なにしろ思ったことがどれも実際に起こるんだもん。不思議だよねえ。でもこれは、神秘現象なんかじゃなくてさ、いわゆる自然の摂理なんだよタカツキちゃん」

タカツキはミドリカワと目を合わせたまま言う。

「なるほど。それはたしかに途轍もない、万能の方法だ。使いこなせたら最高でしょうね」

「そうでしょう！」ミドリカワユウゾウは上擦った声をあげる。

タカツキリクオはやや意地悪な顔つきになり、

「でも、そのホームページにたどり着いた全員が使いこなせる方法ではなさそうだ」

「そんなことないよ！」ミドリカワユウゾウは何度も首を横に振る。

「ミドリカワさんはきっと選ばれし者なんですよ」

「そんなことないってば！」

「いやいやそうですよ。だってね、そのホームページにたどり着いた全員が使いこなせる方法なら、この国の国民所得は今、物凄いことになってるはずですよ。でも世間は相変わらずのデフレ不況で、金まわりが悪い。景気のいい人間が増えてるなんて話はさっぱり聞こえてこない。てことは、その方法を使いこなせるのはやっぱり、ほんのひと握りの人間だけなんじゃないかな。だれでも使いこなせる方法なら、そういう話がもっと巷に広まっててもおかしくない。今のところ、噂のひとつも立ってないってことは、成功者が少ないからかもしれない。というわけで、ミドリカワさんは選ばれし者なんですよ」

ミドリカワユウゾウはううんと唸りつつ、唇を曲げて腕組みをしている。

タカツキリクオは自説をつづける。

「いや、おれがさっき気になったのはこういうことなんです。本がたくさん出てて、種類もいろいろあるってことは、その法則を頭んなかに根づかせる方法ってやつも無数に存在するんじゃないかって。そこから自分に合ってるものを探しだすとなると、それもまあなかなかの手間ではある。おそらくその点でまず、ふるいにかけられて大勢が脱落することになるんだろうなと。だから結局、運良くなのか、あるいは努力の末にか、とにかく自分にぴったりの方法を見つけだせた少数の人間だけが、めでたく法則の利用者になれるわけだ。というわけで必然的に、世の成功者ってのはいつだってわずかにしかいない。そういうことじゃないですか？　ちがいますかね？」

ミドリカワは依然として腕組みをして、小首をかしげている。

押し黙ってしまったミドリカワユウゾウに、タカツキは励ましの言葉をかける。

「いずれにせよ、ミドリカワさんは完全な勝ち組ってことですよ。それだけは間違いない」

ミドリカワユウゾウは小首をかしげたままうつむき気味になり、上目使いでタカツキを見やる――それからひとつ溜め息をつくと、ミドリカワはようやくまた口を開く。

「タカツキちゃん、おれはもうね、ここで多くは語らんよ。とりあえずさ、暇なときにでも小一時間くらい、眺めてみてちょうだいよ。このホームページ。時間なかったら、一〇分や二〇分でもいいからさ。その代わりどうか、虚心坦懐《きょしんたんかい》にね、虚心坦懐になってほしいんだわ……ん、どうしたの？　具合悪い？」

タカツキリクオはしかめっ面で瞼を閉じ、眼鏡をずらして眉間を揉んでいる――テーブルに肘をついて、辛そうに頭部をゆらゆら左右に揺すっている。

「頭痛か。随分と痛そうだね。疲れ目か、乾燥かな」

しばらく休めば大丈夫だとタカツキがいうので、ミドリカワユウゾウはトイレに立つ。

ミドリカワが座敷に戻ると、タカツキリクオは顔をあげてまばたきをくりかえしている。

「すいません。ここんとこ頻繁にあって」

「あら大変だね。眉間が痛いの？　眉のとこ？　目の疲れや乾きとかじゃなくて？」

途中でビールから切り替えた白ワイン入りのグラスを片手に、ミドリカワはタカツキの顔を覗き込むようにして問いかける。

「いつも突然なんで、よくわからないんです。大概耳鳴りもセットなんですが、今日はこなかったな。やっぱ年のせいすかね。おれ今年大厄なんですよ。もうじき終わるけど」

「どうだろうねえ。もしかして、眼鏡が合ってないんじゃないの？　ひどいっていうじゃない、眼鏡が合わないとさ、頭痛が。うちの娘がそうだったのよ。ところが眼鏡変えたらぱったりなくなったって。ついこないだの話よ」

言い終えたところで、ミドリカワユウゾウは白ワインをひと口飲む。

「眼鏡？」

「うん。そうじゃなかったら年かもねえ。四〇になるとね、まあいろいろあるよね。おれもひどかったもん。大厄か。いやあ思い出したかないねえ」ミドリカワユウゾウはぶるっと震える真似をしてみせる。

怪訝な表情をしつつも、タカツキリクオはそっと眼鏡をはずしてみる。まばたきをくりかえしていた彼は、そのうちますます訝《いぶか》りながらあたりを見まわすようになる。

「どう？　やっぱり眼鏡じゃない？」

「変だな」タカツキはしきりと頭の向きを変え、そこらじゅうに視線を送っている。

「そうでしょ、眼鏡でしょ。四〇になるとね、視力もがたっと落ちるからさ」

タカツキリクオは眉間に皺を寄せて首を横に振る。正面にいるミドリカワとふたたび目を合わせた彼は、きっぱりとした口ぶりでこう答える。

「いや、その逆です。見えるんですよ。眼鏡がなくても。はっきりと」

●

二〇一〇年一月八日金曜日、午後八時四一分――渋谷区勤労福祉会館、第1洋室。

当の会議室は今、更生保護事業を営むＮＰＯ法人が主催する、犯罪加害者更生のためのグループセラピー会場として使用されている。

定員九〇名の室内には、一六名のＮＰＯスタッフと五七名の受講者の姿がある。受講者の年齢層は、一〇代半ばから五〇代までと幅広く、男女比は七対三くらいの割合になっている。

五七名の受講者は、一九名ずつ三組にわかれて円形に並べられた席に着き、向かい合っている。グループ別に心理カウンセラーが進行役を務めるなか、受講者がひとりひとり自らの苦い体験や犯した罪を打ち明けてゆく。またはそうした告白につづいて述べられる、各々の更生の経過に耳を傾け、互いの情報共有度を高め合っている。

午後六時にはじまったこの催しは、午後八時三〇分からは新年会をかねた懇親会へと移行する予定だったが、今日は受講者が多いため時間がすでにオーバーしてしまっている。

主催スタッフらは、ときおりちらちら壁かけ時計を見ながら静かに懇親会の準備を進めている――部屋の奥に寄せてある、折り畳みテーブルの上に置いた飲食物の包みを開けはじめるなど、受け持ちの仕事を各自が淡々とこなしている。

午後八時四五分をまわったところで、スタッフより要請が入り、この日のミーティングはひとまず閉会となることが各進行役から告げられる。

これから閉館時間の午後九時半までは、形式にとらわれず、自由に飲み食いしながらの語らいに移る――その旨進行役から伝えられると、受講者たちはただちにばらばらと立ちあがって思い思いの行動をとる。

それまで適度な緊張を帯びていた室内の空気は、たちまちにぎやかな雰囲気へと様変わりする。

何分かすると、受講者はひとりきりでいる者と集団で固まっている者の二派にわかれる。

ひとりきりで着席している十数名ほどの男女は、いずれも今回が初参加らしいことをうかがわせる――現状をよく呑み込めずにいるのか、一様に皆きょとんとした顔になっておとなしくしている。やがて手の空いているスタッフや心理カウンセラーらが当の男女のそばに歩み寄り、飲み物を勧めたりこのプログラムに関する説明不足を補うなどして話し相手になってやる。

いっぽう集団で固まっている者たちには、明らかな目的のようなものが見てとれる。

集団は五つほどあり、ほとんど全員が場慣れした様子で立ち話している。

あたかもそうする決まりでもあるかのごとく、どの集団でも、輪の中心にいるひとりかふたりの聞き手に対し、銘々が順番になにかを訴えかけている――そのやりとりはどうも、求職者が自己PRをおこなう面接風景のように見えぬでもない。

それらの集団のうちのひとつには、タカツキリクオとナンゴウタクマの姿がある。

彼らはそろって輪の中心にいて話の聞き手を務め、面接官さながらに次々と質問を放ち、その回答や人柄を吟味している。

ナンゴウタクマが目を丸くして訊く。

「陸上自衛隊？　自衛官だったってことか？」

「ええ、そうです。六年いました」

「おまえ今いくつだ？」

「二九歳です」

「自衛隊にはいつからいつまでいた？」

「高校卒業してすぐに入隊して、三任期目に懲戒停職処分食らってそのまま辞めました。二四歳のときです。最終階級は陸士長です」

身長は一六〇センチほどと小柄ながらも、いかつい体つきをした短髪の女が、休めの姿勢でタカツキリクオとナンゴウタクマの正面に立っている。三白眼の目で下から見上げてくるため、交互にふたりを睨みつけているような印象を与えるが、彼女の態度はそれなりに礼儀正しい。

タカツキリクオが訊ねる。

「どうして懲戒食らったんだ？」

元自衛官の女は息を呑み、一拍置いてから答える。

「暴力沙汰を起こしました」

「ほう、ケンカか？　相手は？　女同士か？」ナンゴウタクマが声を弾ませて興味をあらわにする。

「いえ、一方的なものです。相手は男の同僚と、女の上官です」

「はあ？　ふたりもかよ。しかも上官て。どんくらいやったんだ？」

「結構やりました。同僚は肋骨が二本折れて、上官は鼻が潰れて頬が陥没骨折しました」

「そらおまえ、パクられたろ？」

ナンゴウが顔を近づけると、元自衛官の女は黙って頭を縦に振る。

「それだけやったら罰金じゃ済まねえな。裁判まで行ったか？」

「はい。執行猶予はもらえました。その後は配送業とか水商売の裏方とかやってます」

ふたたびタカツキが質問にまわる。

「ケンカの原因はなんだ？」

元自衛官の女はタカツキリクオをちらっと一瞥してから打ち明ける。

「腹立つことがありました」

「どんなことだ？」

「セクハラです」

「なるほど。女の上官のほうは？」

「聴き取りのときに、こっちが悪いとか、ふざけたことさんざん言われたんで頭にきて……」

「ああそうか。ところで、大型の免許持ってるんだよな？　ほかはなにがある？」

「中型バイクとクレーンとフォークリフトを動かせます。あとは危険物取扱者と調理師免許です」

タカツキは軽く二、三度頷いて、ナンゴウと目を合わせる。ナンゴウタクマはおしまいにこう問いかける。

「それでおまえ、名前は？」

「ヤマシタサトエといいます」

●

ナンゴウタクマが退屈そうにあくびしながら訊ねる。

「おまえはなにでパクられたんだっけ？」

天然パーマみたいなカーリーヘアに顎髭《あごひげ》を蓄えた男がだるそうに答える。

「向精神薬取締法違反。営利目的所持。あとなんだっけ……」

「使用は？」

「そっちはひっかかんなかったっす」

「ひっかかんなかったって、どういうことだよ」

「検査したんすけど、なんかパスしちゃって。つうかあれなんすよ、ちがうんすよ」

「なにがどうちがうんだよ」

「あれなんすよ、ほんと言うとおれ別に下手打ったわけじゃなくて、ハメられたんすよ。しかも身内にハメられたんで。マジ最悪すよ」

「身内って親兄弟か？」

「そっちじゃなくて、仲間のほう」

蘇《よみがえ》った過去の記憶のせいでいらついているのか、顎髭男は大きな溜め息を漏らしてから舌打ちしてそっぽを向いてしまう。

ナンゴウはやれやれとでも言いたげに首を横に振り、口もとをゆがめて振りかえる――それを受け、タカツキリクオが質問役を引き継ぐ。

「何年入ってたって？　三年くらいか？」

「それは刑期で、入ってたのは二年ちょいかな」

「いつ出てきた？」

「三ヵ月前っす」

「そうだったな。年は？」

「二六」

「なにが取り柄だ？」

「まあ、セックスがうまいとか」言い終わらぬうちに顎髭男は笑いだしている。

ナンゴウタクマが割り込んで問いかける。

「おまえさ、本気で仕事もらう気あるのか？」

「は？」顎髭男はたった今目覚めたみたいな面持ちで訊きかえす。

「は？　じゃねえよ。ちんたらやってる暇はねえからおまえの番終わりにするぞ」

「ああいや、それはまずいっす」

「だったらさっさと自分のセールスポイント話せよ」

「セールスポイントか。人脈かな」

「顔広いのか。主にどの方面だ？」タカツキリクオが訊く。

「つうか、だいたいどの方面もいけますよ。ひと声で一〇〇〇人くらい集めんの余裕すよ」

「そいつは頼もしいな。しかしそれならなんでこんな、ハローワークにも行けないような連中が集まるところに職探しに来てるんだ？　わざわざこんなとこに来なくても、そんなに顔が広けりゃいくらでも稼ぎ口あるだろ」

痛いところを衝かれたらしく、顎髭男はいかにもばつが悪そうに、傾けた頭を掻《か》きながら答える。

「ああいや、つうかあれなんすよ。おれマジで、顔広いは広いんすけど、なんつうか、ちょっと……」

「ちょっとなんだよ？」ナンゴウが迫る。

「だから、娑婆出てきたばっかなんで、正直今、どのへんがつながっててどのへんが切れてんのか、わかんなくて」

「なんだ、出てきて三ヵ月も経ってんのにだれからも連絡きてねえのか。そら単に、知り合いが多いってだけの話じゃねえか。吹くんじゃねえよ」

あきれ顔のナンゴウに対し、吹いてねえよ、と顎髭男は声を荒らげて言いかえす。

「それな、おまえの人望がないってことなんだよ」

愉快そうに笑っているナンゴウタクマを睨みつけ、顎髭男は歯を食いしばっている。

見かねたタカツキが即座にふたりをわけ、顎髭男の事情を次のごとく斟酌してやる。

「要するに、身内にハメられたって話と関係してるわけか？」

「ああはい、そうっす」顎髭男はふてくされた態度で頷いてみせる。

「それで二年ちょい懲役行って、三ヵ月前に出てきたばっかりだから、今んとこはまだだれが味方かわからない状態だってことだな？」

急に機嫌が良くなったみたいに、顎髭男はわざとらしく「そうそう」と肯定しながら何度もタカツキを指差してみせる。

タカツキリクオはナンゴウタクマのほうを向き、ＯＫというアイコンタクトを送る。

「で名前は？」

「アカザワっす」

「下は？」

「マモル」

ダークスーツにネクタイ、そして横分けの髪型というこの場には珍しい装いの若い男が、本日最後の面接相手となる。

タカツキリクオが早速質問に入ろうとすると、ナンゴウタクマが軽く肩をぶつけてきて小声で「彼だ」と教える。

「そうか、ならこっちの説明はいらないな。名前は？」

「ニナイケントです。よろしくお願いします」

抜け目のなさそうな微笑みを浮かべ、おちつきはらった物腰でニナイケントはタカツキリクオと向かい合っている。

ニナイは一見、堅苦しい格好をしてはいるが、服装にも髪型にもセンスの良さがあらわれている。声も溌剌としていて、後ろ暗さのようなものはいっさい感じさせない。

「いい服着てるな。どこのだ？」

「名前は忘れちゃったけど、量販店のですよ。しょっちゅうCMで見るやつ」

「へえそうなのか。量販店もバカにできないな。年は？」

「トシ？」

「年齢だよ」

「ああ、二七です。ちなみになんで年なんか訊くんですか？」

「なんでかって？　それ自体に特別な意味はない。簡単なプロフィールの確認だよ。おれはまだ、きみについてボスからまったく聞かされてないんだ。なにも知らないから、まずはこうしてじかに訊いているわけだ。なんかまずいことでもあるか？」

　ニナイケントは笑顔で答える。

「いや、単純に気になっただけです。なんなら、誕生日も言いましょうか？」

「誕生日は必要ない」

「あ、そこは線引くんだ」

「ああ。こっちが訊いときたいのは、たとえば得意分野とかだ」

「得意分野？」

「そう。この仕事をする上で売りになるところだ」

「売りか、そうだな……」

　ニナイケントはショッピングでも楽しんでいるみたいな顔つきで思案してみせる――それは意図して聞き手を焦らしている振る舞いにも見てとれる。

　タカツキがしびれを切らす。

「きみはたしか、ＥＤに物凄く詳しいんだろ？　それでうちのボスに自分を売り込んだそうじゃないか」

「あれ、そのことは知ってるんだ」

「まあな。でもそんなのは、きみのことをよく知ってると言えるうちには入らないだろ。ちがうか？」

「そうですね。そもそもEDなんて、デビューしたての新人なんだから、だれだってひと晩で物凄く詳しくなれますからね」

タカツキリクオとナンゴウタクマはとっさに顔を見合わせる——ナンゴウの目にはいささか感心の色が浮かんでいる。

いつの間にか手にしていたスマートフォンの画面を眺めだしているニナイケントに、タカツキリクオはあらためて問う。

「で、どうなんだ？　得意分野は？」

「そうだな。強いて言えば、ここかな」

ニナイケントは不敵な面構えで右手を上向きにして、人差し指を立てて自分の頭を指す。

タカツキリクオは笑いながら応ずる。

「結構だ。賢いやつは大歓迎だからな。期待してるよ」

「あ、でも、正確にはこっちかも」

そう言うと、ニナイケントは今度は自身の胸のあたりを指差してみせる。

「度胸がいいってことか？」ナンゴウタクマが訊ねる。

ニナイケントは小バカにしたような態度で笑い声をあげて、

「そういうのとは、ちょっとちがうな」

「じゃあなんだ？」

「思いの強さっていうほうが合ってるかな」

「思いの強さだと? 片思いでもしてるっていうのか」

「ハハハ。そうじゃなくて、思い描いたイメージを実現させる力ってことです」

その回答に、タカツキリクオがふと関心を示し、

「それは具体的なものなのか、それとも、志とかのたとえとして言ってるのか、どっちだ？」

「たとえなんかじゃないですよ」

「だったらそれは、どんなふうに役立つんだ？」

「そうだな。まあどんなふうにでも。引き寄せの法則って知りませんか？」

タカツキリクオははっとなりつつも、なにかを押し殺したような声で質問に答える。

「さあ、聞いたこともないな。なんだいそりゃ？」

「簡単に言うと、宇宙に願えばなんでも必ずかなうっていう法則のことです」

ナンゴウタクマが割って入ってきて話題を茶化す。

「おいおいほんとかよそれ。そんな便利な法則があるんだったらおれの借金今すぐ帳消しにしてくれよ」

ニナイケントはそれをまともに受けとって返答する。

「いいですよ。そんなのちょろいから」

「ほんとかよ、って、そんなバカなことあるわけねえだろ。宇宙に願えばなんでもかなうだと？　んなもんおれは毎日願ってるっつうの。借金なくなってくれってな。でもな、ちっとも減りゃしねえぞ」

「それはやり方が悪いんですよ。まず法則の仕組みを理解しなきゃ」

「ほうそうかい。ならどういう仕組みか教えてくれよ」

ニナイケントは相変わらず小バカにしたような態度でにやつきながら、

「そうだな。ざっくりとした説明になっちゃいますけど、要するに、宇宙にはデータベースみたいなものがあって、そこにはこの世界で生じる、あらゆる出来事や物事の可能性がデータとして記録されていて、時々刻々と更新されているわけです。そしてその可能性のデータというのは、だれでも常に取りだして使うことができる。というよりも、だれもかれもが例外なく、常にそれを使って人生を組み立てている。なぜなら願望を抱くということは、その後に起こり得る出来事に直結する、なんらかの可能性を引き寄せるということだからです。人は皆、こうなりたいとかああなりたいと念じることで可能性のデータを宇宙からたぐり寄せ、現実の形にする。そのときに、正しく願いさえすれば、その願望にいちばん近い可能性のデータがこの世界に引き寄せられて、実現するという運びです」

関わったことを早くも後悔しているふうな目つきでナンゴウはニナイを見つめている。

かたやニナイケントは、ナンゴウのたじろぎなど少しも意に介してはいない——ワインのうんちくでも披露するみたいな口ぶりで、彼はひきつづきなめらかに言葉を紡いでゆく。

「でも願い方が間違ってると、本来の願望とはズレた形で現実化してしまう。たとえば念願の成就にわずかでも疑いや否定的な印象を持ってたり、思念の中身にどっちつかずなところがあったりすると、宇宙はそれを忠実にトレースしてしまう。宇宙のデータベースには、文字通りあらゆる出来事や物事のデータが収納されているわけです。だから細かい点までぴったり一致してる可能性のデータが見事にそろってて、願う者の思いを鏡のようにそのまま反映してしまう。したがって、たとえ毎日願ってても、いやそれだからこそ、あなたの借金はいっこうになくならない。なぜならあなたの思念には、そんなバカなことあるわけねえという否定の先入観が絶えず混ざり込んでいるから。そのために、本当に望んでいる出来事の可能性をいつまで経っても引き寄せられない。そもそもそれは、あなた自身が、そのことを自分は本当に望んでいるのだと思い込んでるだけのことであって、結局はちゃんとした願望にすらなっていないんですよ。どうです？　心当たりありませんか？」

直接問いかけられたナンゴウは、すっかりあきれかえっている様子で、

「心当たりもなにも、おまえの話はおれにはちんぷんかんぷんだよ」

ふうっと溜め息をつき、ニナイケントはにこやかにこう言い添える。

「それなら、本とか読んだほうが理解しやすいでしょうね。今しゃべったのは、あくまでもぼくの解釈なんで、基本的なことが頭に入ってないとイメージが浮かびにくいかもしれないから。そうだな。『ザ・シークレット』とか、わかりやすくていいと思いますよ」

話すのがもう面倒くさいとでもいうように、ナンゴウタクマはニナイケントに背中を向けてしまっている。

するとニナイは笑顔を崩さずにタカツキリクオと目を合わせ、肩をすくめてみせる。

それに対しては、タカツキリクオは無言でただ笑いかえしてやる。

ちょうどそのときに、宴の終わりを告げるNPOスタッフらの声が会場中に響きわたる。

●

午後九時四四分——渋谷区役所前公共地下駐車場、地下二階D2ゾーン。

タカツキリクオとナンゴウタクマがやってきて、黒いSUVに乗り込む。

イグニッションスイッチを押してエンジンをかけるタカツキを見て、助手席のナンゴウが不思議そうに訊ねる。

「あれ、そういやおまえ今日、眼鏡してねえじゃねえか。忘れたのか？　危ねえから運転代わるぞおれ」

ナンゴウの心配をよそに、タカツキリクオは躊躇なく車を発進させる。

「おいおい大丈夫なのおまえ？」

駐車場内にしては出しすぎのスピードで、タカツキリクオはＳＵＶを運転している。

原宿方面出口から駐車場を出て、岸記念体育会館前交差点で右折したところで、タカツキはナンゴウにこう打ち明ける。

「おれ、眼鏡いらなくなったんですよ」

ナンゴウタクマは早合点して、

「なんだそうか。なんも言わねえからあわてちゃったよ。あれか、レーシックか？」

タカツキリクオはそれを否定せず、黙って車を走らせて神南一丁目を南下してゆく。

渋谷駅前を通過したＳＵＶは、国道２４６号線——通称玉川通りに入って世田谷方面へと向かう。

ナンゴウタクマはスマートフォンでメールをチェックしている——一度舌打ちすると、スマートフォンの画面に目をやったまま彼はタカツキにこのように伝える。

「やっぱりクロイワも脱けるってよ。こないだあいつ電話で絶対脱けねえって言ってやがったくせに、冗談じゃねえなまったく」

「男ができたんだったらしょうがないでしょ」

「いや、脱けるのはいいとしてもな、あいつどうも口が軽そうだからな。脱けた途端にほうぼうでぺらぺらネタ言い触らすんじゃねえかって気がしてんのよ。最初に契約した義務しっかりおぼえとけよって釘刺しとかねえとな」

タカツキリクオはそれには特に意見せず、前方車のテールランプに視線をやって片手でハンドル操作をしている——玉川通りは渋滞気味のため、前方車のブレーキランプは点滅を頻繁にくりかえしている。

「結局ふたりいなくなったから、追加のメンバーも含めると補充は三人いるな。ひとりは最後のあいつで決定として、あとふたりどうする？」

タカツキリクオは即答する。

「元自衛官の女、あいつは入れましょう」

「あの女かあ。あいつなあ。ううん、どうだかなあ。ああいうタイプは使いづらいぞ」

進路が空いたと見るや、隣車線からいきなり前に入り込んできた個人タクシーに対して数回クラクションを鳴らし、タカツキは答える。

「あのなかじゃあいつがいちばんまともに使えますよ。ひとりはあいつで決まりです」

取りつく島もなくそう言い切られて、ナンゴウタクマはなにも言いかえさずに承諾する。

「んじゃあとひとりはどうする？」

べつだん考えているふうでもなく、タカツキリクオは沈黙したまま運転に集中している。

ナンゴウタクマはタカツキの返答を待たず、今度は自らの意向を先に口にする。

「おれはあいつがいいかなって思ってるんだ。あのもじゃもじゃ頭で顎髭はやしたチンピラ。あいつ名前なんつったっけ……」

す。

「ああ、アカザワか。あいつもいいだろ？　扱いやすくて、チームにうまく溶け込めそうな気がするよ。あいつも決定な。これで三人だ。なんだ、呆気なく決まったな」

大橋交差点で信号待ちになったところで、タカツキリクオが出し抜けにひとつ懸念を漏らした。

「しかしあいつ、ほんとに入れちまっていいのかな」

スマートフォンをいじっていたナンゴウがまたも早合点して、

「平気だろ。まあバカだけどな。でもああいうタイプは、案外小心だから無闇なことはやらねえよ」

「アカザワのことじゃないですよ」

「え？」

「アカザワ」

信号が青になって車を発進させたタカツキの横顔を一瞥して、ナンゴウはたちまちぴんと来たらしく、「ああ、あいつか」とつぶやく――それから彼は、当の話題を避けようとでもしているかのごとく、ただちにさっと窓のほうを向いてしまう。

つい今し方までいじっていたスマートフォンを見るのもやめ、窓外を眺めているナンゴウに、タカツキリクオはあらためて懸念をぶつける。

「あいつ入れるの、もういっぺん会ってからにしたほうがいいんじゃないですか？」

窓辺から顔を離さずにナンゴウが問いかえす。

「なんで？」

「胡散臭いやつだからです」

「おまえそれは通らんだろ。胡散臭いのはあいつだけじゃねえし、おれらみんな似たり寄ったりだろ」

「でもだいたいの素性はみんなわかってるじゃないですか」

「まあな。そら今日みたいに全員面接してるしなあ。契約もあるから身元は押さえてる」

「あいつはどうですか？」

訊かれたナンゴウはやっと顔を逆に向けて、不可解そうな口ぶりでこう応答する。

「なに言ってるのおまえ。おまえ自身がさっき面接してきたとこじゃねえか」

三宿交差点の信号につかまり、車を停止させたところでタカツキリクオはこう言い放つ。

「しかしあいつが何者なのか、結局おれたち聞きそびれちまったんですよ」

そういえばという表情になり、ナンゴウタクマはぽかんと口を開けている。

「ボスのお墨付きだからって、おれもうっかりしてましたよ」

「結構いろいろしゃべってたからな。なんとかの法則とか、よくわからんことを」

「あいつ自身のことなんて、二七歳ってことと、アオキだかコナカだかで買ったっていうスーツのことくらいしか話してないですからね。カキオカからはなにか聞いてないんですか？　あの男の履歴とかプロフィール」

ナンゴウタクマは首を横に振る。

「あいつが普段なにしてる人間なのか、ろくにたしかめずにメンバーにするのはやっぱりまずいんじゃないかな」

「いやでも、考えすぎだろ。あいつの素性をきっちり訊いとかなかったのは単にこっちのミスだし、別にいかにも危ないやつって感じでもねえし。どのみち次会ったときに確認しとけば済む話だ。なんなら先に電話やメールでたしかめてもいい。それよりもおまえ、なんでそんなにあいつのこと気にしてるんだ？　ボスの推薦なんだから、胡散臭いってだけじゃ通らねえぞ」

そのとき、後続車からクラクションを鳴らされているとタカツキは気づき、信号がとうに青に変わっていたことを彼は知る。

即座にアクセルを踏み、車が三宿交差点を通りすぎたところでタカツキはナンゴウの質問に答える。

「勘ですよ」

「カン？　なにが？」

「あの横分け野郎への気がかりですよ」

「ああ、勘か」

「そう。不吉な予感みたいなものです。仕事の内容が内容だけに、ここは慎重に行ったほうがいいんじゃないかって、直感的に思ったたってことです」

ナンゴウタクマは鼻から大きく息を吐きだして、訳知り顔で話題を自分自身の話にすり替えてしまう。

「そういうのはな、おれにもよくあるよ。統率者ってのはまあ、安定を維持するためにあれこれ気に病んでばっかりいなきゃならないからな。結果出すにはまず全体をまとめなきゃ前に進まない。それじゃどうすればまとまるかって考えてれば、なるべく波風立てず変化は少なくって方向におのずと行き着く。というわけで、おれだってできればずっとおなじメンバーで行きてえよ。でも脱けたいやつを引きとめとくのも限界あるからなあ」

助手席のシートを倒してふんぞりかえっているナンゴウの隣では、運転中のタカツキリクオが苦笑を浮かべている。

5

二〇一〇年一月一一日月曜日、午前一〇時四五分——青山通りと六本木通りに挟まれた、渋谷二丁目のコインパーキング。

黒いＳＵＶが、出入り口に程近い11番の車室に駐車し、運転席と助手席からそれぞれタカツキリクオとサワザキコウタがおりてくる。

敷地奥に位置する６番の車室には朝番の張り車《ＳＵＶ》が停まっている。タカツキリクオとサワザキコウタがそちらへ近寄ってゆくと、ハイバ兄弟がそろって車内から出てくる。

「あれ、おまえらか。ニシタニは？」

サワザキコウタがそう問いかけると、ハイバ兄弟の兄シンヤが缶コーヒーを飲みながらつっけんどんに答える——兄が受け答えしているあいだ、弟のカズヤは片手に持った薄型軽量ノートパソコンの画面にちらちら目をやっている。

「新入りとコンビニ行ってるけど」

「コンビニ？　そしたら見張りは？」

ハイバシンヤは若干いらついた物言いで、

「だからここは見張りいらねえって朝メールまわしたじゃん」

「はあ？　そうだっけ。こっちはそんなの知らねえけど」言いながらサワザキはスマートフォンを取りだし、メールのチェックをはじめる。

サワザキコウタが口を閉ざしたところでタカツキリクオが質問にまわる。

「てことは、監視カメラいじってんのか？」

「そゆこと」中身を飲みきった空き缶を、隣地の社屋の屋根目がけてハイバシンヤは思いきり投げ捨てる。

「早速か。手まわしいいな。しかしあの雑居ビル、そんな気の利いたもんあったか？」

「あそこにゃないっすよ。正面にあるマンションの駐車場のやつ、ちょっと角度変えて使ってんの。だから見れんのはビルの出入りだけ」

「ログインパスは？」

「解析ツールで」

タカツキリクオはあきれ顔で軽く溜め息をつき、よそを向いてしまう。

「ていうかなに、おまえら今日朝番なの？　それも初耳なんだけど」

非難がましく問いただそうとするサワザキに、ハイバシンヤは今度はあからさまにいらだってみせて、

「知るかよ。そんなんおれらのせいじゃねえっつうの。おれらだって夜中にいきなり言われて

出張ってきてんだよ。文句あんならキタさんかナンさんに言うのが筋だろ」

そう言い放つなり、ハイバシンヤはダッフルコートのポケットに両手を突っ込んでごそごそやりだす。

「これなんなんすかね。そっち連絡きてます？」

サワザキに訊ねられるより先に、スマートフォンを手にしていたタカツキは、

「ああ、たった今メール届いたわ。いくらなんでも遅すぎるな。どうなってんだまったく」

「電波状況すかね。おれのほうはきてないや」

煙草を吹かしはじめたハイバシンヤは、もはや自分はその件とは関係ないとばかりに、ノートパソコンに表示させたライブ監視映像を弟のカズヤとふたりして眺めながら、「ははっ」などと嘲笑うような声をあげている。

メールの文面に目を通したタカツキは、

「新編成は兄弟とアオヤギとニシタニの四人でニシタニ班。新入りのふたりとおれたち四人でタカツキ班。あとの四人プラス新入りの五人でナンゴウ班だとさ。なるほどな」

「なんすか？　なるほどて」サワザキコウタが怪訝そうにしている。

「ナンゴウだよ。扱いづらい新入りふたりをおれたちに押しつけたいから、事後報告にしたんだ」

「ええ、マジすか？」

タカツキリクオは「たぶんな」と答えてから、ハイバ兄弟に聞こえるように問いかける。

「うちの新入りはふたりとももう来てんのか？」

くわえ煙草でパソコンの画面を見ながら、ハイバシンヤが応答する。

「ひとりはニシタニくんとコンビニ」

「どっちだ？」

「ニナイってやつ」

「ヤマシタって女は来てないか？」

タカツキがそう問うた矢先に、コインパーキングの出入り口のほうから「来てます」という声が聞こえてくる。

「いつからいた？」

振り向いてタカツキが訊くと、きびきびとした返事がかえってくる。

「三〇分前からいました」

ドカジャンを着てニット帽をかぶったヤマシタサトエが、タカツキリクオから手招きされ、四人のところへ歩いてくる。近くまできたヤマシタに、「よろしく」と話しかけてサワザキコウタが握手の手を差しだす。

「つうかさ、交替時間とっくにすぎてんだけど」

ハイバシンヤにそう指摘され、タカツキが腕時計を見やると、午前一一時を三分ほどまわっている——タカツキリクオは苦笑いしながら了解と頷いてみせる。

他方サワザキは、業務引き継ぎのためハイバカズヤからノートパソコンを受けとると、ふとこのような疑問を口にする。

「コンビニも長くねえか？　なに買いに行ってんだよ」

●

SUVのセカンドシートの上に、何冊もの雑誌が放り置かれる——総合週刊誌や男性向け週刊誌が四誌と、二誌の週刊漫画雑誌が乱雑に重なり合っている。エクストラ・ディメンションズの写真が、それらすべての表紙を飾っている。

「デビュー一ヵ月でこうか。なかなか快調すね」

サワザキコウタは感心した面持ちで腕組みしている。

その隣で、タカツキリクオが「ああ」と同意する。

「実売はどうか知らないけど、ヒットチャートのランキングも下がんないし、これならサトシくんの予言もあながち的外れじゃないかもしれないな」

「是非ともそうなってもらわなきゃな。でなきゃおれたち失業だ」

そう言って、タカツキリクオは車のリアドアを閉める。

ヤマシタサトエとニナイケントは、コインパーキングの出入り口のところで突っ立ってタカツキとサワザキを待っている——ライブ監視映像を表示中のノートパソコンは、お盆を運ぶみたいにしてヤマシタが両手で持っている。

「行くか」

タカツキリクオが先頭になって四人はコインパーキングを出てゆく。

ふたつの街区を通りすぎた先にある十字路で右に曲がり、左手の街区の端までくると、一同は立ちどまって一棟の雑居ビルに視線を向ける。

「ここの地下にあるスタジオな。今日はそこで昼から歌録りをやるらしい」

言い終えると、タカツキリクオはただちに逆方向へ目をやり、通りを挟んで真向かいにあるマンション駐車場に設置された監視カメラを睨みだす。

「あれだな」

ヤマシタサトエが抱えているノートパソコンの画面上に、タカツキ班の四人の姿が映し出されている——それを皆で確認すると、一同はふたたび歩きだす。

●

午前一一時三七分——青山学院大学の西側に面した道路沿いにあるカフェレストラン。
個室に陣取っているタカツキ班の四人。テーブルにはまだ、水入りのグラスとノートパソコンしか載っていない。タカツキリクオとサワザキコウタ、ヤマシタサトエとニナイケントがそれぞれ並んで席に着いている。ライブ監視映像のチェックはサワザキコウタが受け持っている。

タカツキリクオが本日の行動予定について新入りのふたりに説明する。

「もう聞いてるかもしれないが、おれたちはここで午後四時まで張り込みだ。さっきのやつらが朝番で、おれたちが昼番てことだ。張り込みっつっても、今回はこの通り監視カメラを利用してるからバカみたいに楽な仕事ではある。通常の張り込みなら、三〇分交替で現場の出入口周辺とかに見張りに立つんだが、今日はこのパソコンを三〇分ごとに四人でまわし見するってことでいいだろう。しかしさっきも少し話したように、楽する分、危ない橋を渡ってるってことも忘れないでくれ。いいな？」

ヤマシタサトエは真剣な表情で深く頷いている。

対照的に、隣のニナイケントは微笑みを絶やさず班長の話に耳を傾けている。

「昨夜ミズタが押さえた情報によると、午後一集合っていうスケジュールらしいから、Qがスタジオに入るのは一時から二時のあいだくらいだろう。何時間かして、歌録りが終わってQが出てきたら、そっからは追っかけだ。四時までにQが出てこなければここで張り込んであとに引き継ぐだけ。どっちに転ぶにしても、今日中に必ずQの家を突き止めることがチームにとってのノルマだ。でなきゃ今後の行動予定が立てられないからな。これはボスじきじきの要求でもあるから、絶対に今日一日で果たさなきゃならない」

タカツキは、ここで微妙に耳鳴りを感じたような仕草をするが、構わず話をつづける。

「おれたち自身の日程は、基本的には午後四時に夕番の連中と交替することになってる。ただ、尾行中に時間がきた場合は臨機応変にやらなきゃならない。Qの動きがやんで、次の班への引き継ぎが済むまでは業務続行だ。無事に交替できたら、そのあとはとりあえず自由時間になる。いったん解散して、各自好きにしてていいってことだ。今日はどうかな。もしかすれば、そのまま業務終了になるかもしれないし、ならないかもしれない。それはQの動向次第ということだが、いずれにせよ午後八時までには、支給端末にメールか電話で連絡が入るはずだから、随時その指示にしたがってくれ。ふたりとも支給品は受けとってるよな?」

ヤマシタサトエは頷き、ニナイケントはテーブルに載せた支給品のスマートフォンを指先で突っついてみせる。

タカツキリクオは「よし」とひと言挟み、説明を再開する。

「それで仮に今日、業務続行となったら午後九時からおれたちは仕事に戻る。その際はまた本隊業務につくかもしれないし、別動隊として働くことになるかもしれない。夜番の時間帯は、ターゲット側のスケジュールはオフになってることが多い。プライベートでの動きが活発化した場合はもちろんおれたちも忙しくなる。Qの動向を踏まえた上で、そのときに組めるベストな布陣で張り込み、モニタリングに臨むことになるだろう。たとえば、うちの班の何人かとほかの班の何人かが組んで本隊業務につくってこともあり得る。ただしそういうときでも、メンバーの私的都合はある程度は考慮される。だからなにかあれば遠慮なく、担当者に申し出るように。シフトやスケジュールのことなんかは、ナンゴウ班のキタザトってやつが担当だ。委細はそいつから聞いてくれ。というか、これももう聞いてるのか？」

ニナイケントが一度頷いて、相変わらず微笑みを浮かべながらこう答える。

「昨日の、ガイダンスのときに」

「てことは、チームのルールもだいたい伝わってるってことだな」

そう言って、タカツキリクオがひと呼吸入れたのとおなじタイミングで、四人分のオムライスと数種のソフトドリンクがテーブルに運ばれてくる――それを受け、サワザキコウタはノートパソコンを自らの膝の上に置く。

店員がいなくなり、ガス入りミネラルウォーターをひと口飲んだところで、タカツキは新入りのふたりに問いかける。

「ここまでで、なにか質問あるか？」

ヤマシタサトエが右手をあげて訊ねる。

「Qっていうのはなんのことですか？」

「ターゲットのことだ」

「なぜQなんですか？」

「ふたつの意味がある。ひとつはクイーン《queen》のQってことだ」

「芸能界の女王ってことですか？」

「そうだな、それもあるが、別の女王でもある……ところでカキオカには会ったのか？」

新入りはふたりとも頷く。

「それなら話が早い。Qという呼び名は要するに、あの男の込み入った感情から生まれたものだ。まず、クイーンという意味の由来はとても単純で、あの男自身がキングを自称してる。なにしろあれだけの資産家だからな、年だってまだ三一やそこらだし、尊大になるのはそんなに不自然なことじゃない。カキオカのKはキングのKなんだそうだ。銀座一丁目のあのビルは、さしずめ一代で物にした城ってわけだ。若くしてキングになったあいつは、自分の城にひとり孤独にこもりつづけるうちに、クイーンをもとめるようになった。おとぎ話ふうに言えばこうなる。クイーンというのはつまり、キングにとって同等というか、対称的な関係にある存在ってことかな。キングである自分自身と好一対になる、クイーンの称号にふさわしい相手を手に入れる。そうした欲求を、あいつが募らせるようになったことが、おれたちが今やってるこの仕事の起点になってるわけだ」

ヤマシタサトエが右手をあげ、眉をひそめながら質問する。

「そういう人を見つけて、最終的には結婚まで持っていきたいってことですか？」

「ところがそういうことではないらしい。これはもうちょっとだけ、ややこしい話なんだ」

割り当てられた三〇分が経過したことをジェスチャーで示し、次は自分が映像チェックを受け持つと、ニナイケントがサワザキコウタからノートパソコンを受けとる。

手が空いたサワザキコウタは早速に、黙々とオムライスを食べはじめる。

ニナイケントの皿はすでにかたづいている。ヤマシタサトエとタカツキリクオも、食事をしながらひきつづき会話を進める。

「クイーンと呼ぶにふさわしい相手を手に入れるといっても、あいつにとってそれは、そういう存在を身近に置くことが目的なんじゃない。存在そのものではなく、クイーンにまつわるありとあらゆる情報、最近の言葉で言えば、ライフログってやつを残らず手もとに溜め込むことが、あの男の目論見のすべてなんだ。クイーンの生の軌跡を逐一見届けること。それがキングたる自分の務めなんだとあいつは本気で思ってる」

厳しい顔つきになり、オムライスをすくうスプーンをとめて説明を聞いているヤマシタが、ひどく不思議そうにタカツキに訊ねる。

「なんだってまたそんなことに？　その人自身がそばにいるんじゃなけりゃ、意味がないんじゃないかって思うんですが」

「まあそう考えるのが普通かもしれない。だがな、これはあいつなりには筋が通ってる話ではあるんだ」

ヤマシタサトエは「はあ」とひと言かえしてから、ふたたびスプーンをあげさげしてオムライスをぱくつきだす。

「あいつにとってのクイーンは、なにも本物の王侯《おうこう》貴族である必要はない。そもそもあいつ自身、本当のキングじゃないしな。しかしそうはいっても、クイーンたるもの当然、あいつ個人の印象で決まるようなものであってはならない。クイーンと形容される以上は、やはり社会的にも相応に遇されてる存在でなければならないわけだ。つまりは自他ともに許す第一人者とか、なんらかの形で際立ってる人間ってことになる。芸能界のアイドル、しかも飛びきりのスーパースターに注目して、そのなかのひとりに執着して、それを自分にとってのクイーンとカキオカが見なすようになったことには、そういう背景がある」

「あの、いいですか」

オムライスを食べ終わったヤマシタサトエがまたもや右手をあげている。

「なんだ、言ってみろ」

「よくわからないんですけど、そういうことって、どうなんですかね。考えが全部先にあって、それに沿って執着する相手を選んだってことなんですか？　それともなんだろう、ひとりの人に執着してしまった理由を、あとから振りかえって考えてみたら、自分の気持ちがそんなふうに動いてたんだと気づいたってことなんでしょうか？」

はっとしたみたいに息を呑み、しばし思案顔になったタカツキは、ガス入りミネラルウォーターを飲んでからこう応ずる。

「どうだろうな。そういや、そこの部分は本人からは聞いてなかったな」

タカツキリクオの隣でサワザキコウタがうんうん頷いている――サワザキはときどきコーラを飲みながら、スマートフォンでニュースサイトの閲覧をしている。

「なぜそれが気になるんだ？」

タカツキにそう訊かれると、ヤマシタサトエは真顔でこう答える。

「いや、恋愛っていうのはなんとなく、頭じゃなくて心からはじまるもんなんじゃないかと、自分なんかは思うんで」

今度はタカツキが厳しい顔つきになり、「ああ、たしかにその通りだな」と口にしてから、思考を整理するようにしてゆっくりと言葉を継ぐ。

「しかしこれは、おれ個人の推測でしかないが、仮に頭か心、そのどちらがことの発端だったとしても、たぶんカキオカ自身も恋愛をしてるつもりなんだとは思うよ」

「はあ」ヤマシタサトエは不満げにそうかえす。

「ただ、じゃあなぜあいつの恋愛が、執着相手を身近に置くのではなく、その情報収集に終始しなければならないのかっていう、さっきの疑問。そこに話を戻すと、カキオカ本人はこう言ってる。クイーンがそこらにいるただの人間に見えちまった途端、執着心が保てなくなると。要するに、幻滅したくないって話だな。だから生身の存在ではなく、情報だけに接する片側通行の関係を築くことを選ぶというわけだ。だとすれば、これは判断が難しいところだが、あいつの行動原理を支える中心にあるのは心じゃなく、頭のほうだってことになるのかもな」

「でもちょっと待ってください。情報でだって、知りたくなかった一面とか見せられて幻滅することとありますよね？」

「もちろんそうだ」

「おれらの仕事だって、言ってみりゃターゲットの裏の顔をばんばん暴露するのが前提になってるわけだからな。その意味じゃ、サトシくんはむしろ自分から進んで幻滅しようとしてるみたいなもんだ」

サワザキコウタが、スマートフォンに目を落としながらそう指摘する。

それを受け、ヤマシタサトエが小首をかしげていると、タカツキリクオが話を引きとる。

「ところがな、カキオカ自身はそうは思ってない。あいつからすると、どんな情報に触れても幻滅は起こらないんだそうだ。たとえそれが、跡形もなく夢やあこがれを打ち砕くほどの、クイーンらしからぬ姿を明るみに出すネタだとしても、多少のショックはあっても幻滅には及ばないんだと。なぜだと思う？」

ヤマシタサトエがなにか返答しようとするより先に、ニナイケントがノートパソコンの画面を見ながら透かさず横から口を挟んでくる。

「いくら情報を集めたところで、手の届かない存在っていう現実は変わらないし、距離は少しも埋まらない。あの人はそう言ってますね」

出し抜けに淡々と種明かししてみせる、ニナイケントの容喙にひとつ頷きかけてから、タカツキリクオはこうつづける。

「裏返せば、絶対に縮まることのない距離さえあれば、クイーンであるという値打ちは毛ほども減りゃしないんだとも、あいつは言ってるな。それには、こちら側が一方的に見守ってるだけの、非対称な関係の維持が必須だというんだな。結局のところ、執着というのは、遠くにあるものを自分の手もとに近づけようとする心の働きなんだと。だから相手への直接の接触を自分に禁じて、執着心を保つことを優先する。これはつまり、キングにとってのクイーンという対称的な相手を得るためには、非対称な関係に甘んじるしかないという皮肉な話だ。好きでいつづけるために、決して近寄ってはならないというわけだ。そういうアンビバレンスを、カキオカサトシという男は抱えてる」

「なんだか、星でも眺めてるみたいな話だ」

ヤマシタサトエがぽつりとそうつぶやくと、横にいるニナイケントがそれに反応する。

「正解ですよそれ。これは天体観測者の愛なんだって、ネットにも書いてましたよあの人」

サワザキコウタが顔をあげ、乾いた声で笑う。

それに釣られてタカツキリクオも笑いだす。

会話が途切れたこのタイミングで、今度はヤマシタサトエがニナイケントからノートパソコンを受けとり、ライブ監視映像のチェックに入る。

ほどなくして、ヤマシタサトエはふと気がついたみたいにこう漏らす。

「なかなか来ないもんですね、その、Q陛下は」

ヤマシタのこの軽口に、ニナイケントが再度反応し、

「そういえば、Ｑのもうひとつの意味っていうのは？」

笑って腕組みしていたタカツキが、とっさにニナイを指差して、

「そうそれ。それがさっきの、天体観測者の愛って話に結びつくわけ」

「どういうことですか？」ヤマシタサトエが訊く。

「クエーサーって知ってるか？」

タカツキのこの問いに、ニナイケントが答える。

「準恒星状天体《Quasi-stellar object》。地球から観測できるぎりぎりの、物凄く遠いところにあって、凄まじいエネルギーを放ちながら宇宙一明るく輝いてる天体。なんだ、やっぱりそういうことか」

「よく知ってるな。やっぱりってのはなんなんだ？」

「いや、カキオカさんが前に、スーパースターの活動を追うファンなんてのは、クエーサーの観測でもしてるようなものだってネットに書いてたのが印象に残ってて。クエーサーって言葉も、そのときに検索して知ったんですけどね」

「ああ、それ書いてたわ。おれも読んだ。なんか切ない感じの書き方だったよな」

サワザキコウタがそのように思い出すと、タカツキリクオが説明を引き受ける。

「要するに、スーパースターというのは凄まじいエネルギーを放って光り輝くクエーサーみたいな存在だと。逆に言えば、光り輝くことによってこそ、価値ある存在としてそれは観測され、歓迎される。熱狂的なファンたちは、その一挙手一投足を見逃すまいとしてスーパースタ

ーの動向をとことん追いかけて、光の変化を見守りつづける。だが、ファンの視界に届く光というのはどれも、遠い昔に発せられたものでしかない。ファンは常に、過去の輝きとしてしかスターの姿を知覚できない。遠宇宙の発光体と地上の観測者という無限に離れた両者の現在が重なることはない。大変な明るさゆえに身近な存在と錯覚しかねないが、素顔のスーパースターがいる場所は、ファンにとっては観測できるぎりぎりの、物凄く遠いところだ。スーパースターの輝きが増せば、その分だけ近くに見えるが、実際はむしろファンのいる日常からは遠ざかっている。その距離が埋まることはおそらく永遠にないだろうほどの、遥か彼方。ファンはその途方もない隔たりを、観測すればするほどに実感することになる。近づこうとすればするほどに光源は遠退く。そんなふうにして起こる、遠近感の混乱が、スーパースターとファンを取り巻く現実というわけだ」

サワザキコウタも、ヤマシタサトエも、ニナイケントも、どことなく眠たげな、焦点の定まらぬようなまなざしをテーブルの上あたりに向け、タカツキの話に聞き入っている。

しばらくの沈黙ののち、タカツキリクオはこうつけ加える。

「というわけで、Qはクイーンのであり、またはクエーサーのQでもあるということだ」

ヤマシタサトエは小刻みに頷いて、「なるほど、わかりました」と返事する。

するとタカツキは、ノートパソコンから目を離してしまってぼんやりしているヤマシタにこう指摘する。

「ところでちょうど今、来たんじゃないか？」

ヤマシタサトエは「はっ？」という顔をする。

それに対し、タカツキリクオは目配せして、ノートパソコンの画面を見てみろとヤマシタサトエを促す。

「あ、ほんとだ、来ましたね。Qが今、マネージャーっぽい女と一緒にあのビルに入っていきました」

ヤマシタサトエは食い入るようにライブ監視映像に視線を注いでいる。

「よくわかりましたね。なんでQが来たって気づいたんですか？」

サワザキコウタがそう訊ねると、タカツキリクオはこのように答える。

「勘」

「カン？」

「なんとなくな、そんな気がしたってだけだ」

●

午後一〇時一二分——渋谷区桜丘町の超高層複合ビルに面した二車線の道路。

超高層複合ビルのエントランスの状況が確認できる位置に一台、地下駐車場の出入り口が見通せるところにもう一台、モニタリングチームの黒いＳＵＶがそれぞれ停車している。

午後九時以降の本隊業務はタカツキ班が引き継ぎ、四人のメンバーはエントランスの見張りを受け持っている。

他方、地下駐車場出入り口の見張りは別動隊が担当している。別動隊の張り車に乗っているのは、ナンゴウ班のふたりとアオヤギケイコ——運転席にはナンゴウタクマ、助手席にはアカザワマモルが座っている。

本隊の張り車の助手席では、サワザキコウタがうひゃうひゃ笑いながら運転席のタカツキリクオに話しかけている。

「それで、このへんはマジで変装しねえとヤベえ、下手したら拉致られてぶっ殺されるってキヨドりまくっちまって、いきなり店の棚からハサミ持ってきて、ここで髪切ってくれって頼んでくるわけですよ。コンビニんなかで。おまえこんなとこで髪とか切って目立っちまうほうがまずいんじゃねえのって言ってやったら、うわしまったクソヤべえっつって、頼まれてた買い物もしねえで速攻張り車にUターン。あのモジャ公、マジでバカすぎですよ。どこまで本気なんすかね」

「身内にハメられてパクられたんだって、面接のときに言ってたからな。顔広いのが取り柄だが、懲役行ってるあいだにだれが味方かわかんなくなったんだと。ちょっと疑心暗鬼になっちまってるのかもな」

「でもさっきのあれは、身内にハメられたってよりも、あいつ自身がなにかしでかして追われてるって感じだったけどな。シャブで捕まったんでしたっけ？」

「麻薬のほうだな。営利目的所持だと」

「売ってたのか。そっちの方面で揉めるとたしかにヤバいすね」

「だからどのみち今は、顔の広さを活かせるような状態じゃないんだろう。当分は無関係なところにまぎれて、身を隠しながら稼ぐつもりでうちにきたのかもしれないな」

「それかただ単に、薬中が幻覚見てるだけなのかも」

運転席と助手席のふたりが軽く笑い合っていると、後ろのセカンドシートに座っているヤマシタサトエがこんな報告をする。

「あれでも、なんかかこまれちゃってますよ」

サワザキコウタに「なにが？」と訊かれると、「あっちの車」とヤマシタは即答する。

一斉に別動隊のほうへ視線を向けたタカツキとサワザキは、ナンゴウらの乗る張り車がスーツ姿の五人の男たちにとりかこまれて動けなくなっていることを即座に知る。

「なんだモジャ公マジだったのかよ」

言いながらサワザキは小型双眼鏡を手にとり、接眼レンズを覗いてこう推し測る。

「つうかあれ、モジャ公関係なくて、上の事務所の連中じゃないすかね」

五人のなかには、明らかに気が立っている者もいれば他人事のごとく沈着に構えている者もいる――そのうちの、運転席と助手席の傍らに立っている二人の男は、車内のだれかに対してなにやら激しくまくし立てているようにも見受けられる。

「どうだろうな。五人もいるのがよくわからん。あるいは事務所がどっかに連絡して呼んだのか……」

考え得る事態をあれこれ想定しているらしい憂い顔で、タカツキリクオがそう応ずる。

「無線で呼びかけてみますか？」

「そうだな」

サワザキコウタは双眼鏡片手にトランシーバーで別動隊に何度も応答をもとめてみる——しかし先方がそれに応える気配はなく、早々に見切りをつけて彼はこう言い切る。

「駄目だ。だれも聞いてないっすね。イヤフォンはずしてんだな」

タカツキリクオは舌打ちし、両手でハンドルを握りしめている——男たちの正体を見極められぬために有効な手を打てず、口数を減らして対策を練っている様子に見える。

双眼鏡をいったん手放したサワザキは、無線の代用にするつもりかスマートフォンを取りだして、テキストメッセージの作成画面を開いてから、ふたたび双眼鏡をつかみとってことのなりゆきを注視する——メッセージの送信先にはアオヤギケイコの名が表示されている。

「私服じゃないすよね？」

「そっちには見えないな」

「どっちにしても厄介だなこれ……あ、あのバカ」

四方をふさがれていて、車の移動すら妨げられていることに業を煮やしたのか、とうとう車内からアカザワマモルが飛びだしてしまう。

しかし外に出た途端、アカザワはふたりの男にねじ伏せられてしまい、あえなく突破に失敗する。

なおもナンゴウとアオヤギが閉じこもっている張り車のほうも、依然として発進がかなわない——そればかりか、助手席のドアを開けられてしまっているため今にも男たちに侵入されそうになっている。

「まずいな」

判断に迷っているのか、タカツキリクオが何秒間か二の句を口にできずにいると、ヤマシタサトエが早口で力強くこう申し出る。

「行きましょうか?」

その言葉を耳にして、一瞬ぎゅっと瞼を閉じてからタカツキはこう投げかえす。

「そうしてくれるか?」

ヤマシタサトエがただちに路上へ出てゆくと、助手席のサワザキコウタもそれにつづく。

ふたつのドアが開いた直後、男たちの発する怒鳴り声がはっきりとタカツキ班の張り車のなかにまで聞こえてくる。

ドアの閉まる音と振動が車内の全体に伝わり、ほどなくして密室の静寂が蘇ると、タカツキリクオはやっと呼吸を思い出したみたいにいっぺん溜め息をつく——それから彼は、インナーミラー越しにニナイケントを見やってこう指示を出す。

「おまえはこのまま残っててくれ」

インナーミラー越しにタカツキと目が合うと、黙って一度だけ頷いてみせ、ニナイケントはすぐに視線を窓外へ戻す。

ヤマシタサトエとサワザキコウタの加勢により、別動隊をめぐる状況はたちまち様変わりする。

まずはふたりが騒動に加わると、SUVの周囲では、四人対五人の取っ組み合いがはじまってひと際騒然となってしまう。

そのなかでも、最も小柄なヤマシタサトエが殊に目覚ましい働きを見せている——素早く距離をつめるフットワークと的確なボディー打ちで相手の鳩尾や肝臓にダメージを与え、体格差など物ともせず、またたく間に彼女はふたりの男を打ちのめしてしまう。

そんななか、今度はニナイケントが重大な場面を目撃する。

「あのタクシーに乗ろうとしてんの、Qじゃないですか？」

その指摘を受け、タカツキリクオは急いでエントランスの車寄せへと目を向ける——すると彼の視界には、停車中のタクシーの横で、エクストラ・ディメンションズのミカがマネージャーと思しき女と会話している姿が入り込んでくる。

「ああ、間違いない」

双眼鏡をかざしてあらためて確認し、タカツキリクオは静かに興奮した声でそう応ずる。

「追いかけるんですか?」

ニナイケントはひどく冷静に問いかける。

「当然だ」

その返事を聞くと、ニナイケントは早速に支給品のスマートフォンを起動させ、Eメールアプリケーションを操作して別動隊への連絡の手はずを整えだす。

目標物に照準を合わせ、鋭い眼光を宿したタカツキのまなざしは、双眼鏡を介してさらに焦点を絞り込み、タクシーの後部座席に乗り込んだミカの口の動きを追っている。

「クソっ、ちっともわからん。世田谷っつったのか?」

ミカを乗せた緑色のタクシーが、玉川通りのほうへ走りだしたのを認めてから、タカツキリクオはSUVを速やかに発進させる。

「大丈夫っぽいですね。こっちは完全にノーマークって感じだ」

マネージャーらしき女が、タクシーを見送ったあとはこちらの車には見向きもせずにビル内へと入っていったのを見届けて、ニナイケントはそう報告する。

「あっちはどうなった?」

訊かれたニナイが別動隊の現状をたしかめると、スーツ姿の男たちはいつの間にかどこかへ消え失せている。

だがその代わりに、張り車の後ろには一台のパトカーが停まっていて、ふたりの警官が路上でナンゴウタクマと相対している――当の光景は、警察がナンゴウに対して事情の聴き取りをおこなっているふうにも見てとれる。

「パトカー来ちゃってますね」

ニナイケントからそのように伝えられると、タカツキリクオは「そうか」とのみ返答し、構わず車を走らせる。

●

午後一〇時五七分――緑色のタクシーを追尾して玉川通りを走り、渋谷区から世田谷区に入って瀬田方面へ向かっている、モニタリングチームの黒いＳＵＶ。

セカンドシートでニナイケントが暢気に口笛を吹いている。

しばらくするとその口笛は鼻歌に変わり、やがてニナイは小声ながらもこんな歌詞を口ずさんでみせる。

Every chance, every chance that I take
I take it on the road
those kilometres and the red lights
I was always looking left and right

Oh, but I'm always crashing in the same car

駒沢大学駅前交差点で信号待ちになり、インナーミラー越しにニナイケントの横顔を見て、タカツキリクオが訊く。

「上機嫌だな。なんて歌だっけそれ?」

「"Always Crashing In The Same Car"。デヴィッド・ボウイです」

「ああ、あれか。『ロウ』に入ってるやつだな」

「そうです。いつもおなじ車で事故るっていう歌です」

「不吉な歌だな」

「ええ。まったくね」

信号が青になり、緑色のタクシーが走りだしたのにつづき、タカツキリクオはSUVを発進させる。

月曜の深夜ということもあってか、玉川通りは比較的空いている。緑色のタクシーは法定速度内で走っているので追走は難しくない。出発時とは打って変わり、タカツキリクオはリラックスした面持ちで車を運転している。

タカツキリクオがニナイケントに問いかける。

「おまえ、家が金持ちなんだってな」

ニナイケントは例によって微笑みを浮かべて答える。

「そうでもないですよ」

「でも、不労所得で生活してるんだろ？」

「不動産収入とかですね。まあ、なにもかも親のもんですけど」

「就職したことないいんだって？」

「そうですね」

「恵まれてるな」

「そうなるのかな」

「たぶんな」

「ハハハ」

「それでおまえに、ひとつ訊きたいことがあるんだが」

「家のことですか？」

「いや、そういうわけじゃない。おまえ自身のことに、ちょっと興味があってな」

「なんだろうな」

「面接のときにおまえ、引き寄せの法則のこと話してたろ？」

「ああ、はいはい」

「あのときおまえ、自分は思ったことを実現させる力が強いんだと自己紹介してたよな？」

「まあそうですね」

「てことは、おまえ自身が引き寄せの法則を使ったことがあるわけだ」

「使ったことがあるっていうか、あのときも説明した通り、引き寄せの法則というのはだれもが例外なく、常に使ってるものなんですけどね」

「なるほど、そうだったな。だったらこういう言い方はどうだ？　おまえは常日頃から自覚的に、引き寄せの法則を使いこなしている」

「それならOKかな。興味っていうのは要するに、引き寄せの法則の正しい願い方が知りたいってことですか？」

「いや、おれの興味はそこじゃない」

「じゃあなんだろ」

「つまりな、子どもの時分から恵まれた環境に暮らしているおまえが、わざわざそんな法則を使ってかなえたいことってなんなのかと気になってね」

「そこですか」

「そこなんだよ」

「かなえたいことなんていっぱいありますよ。そんなの、恵まれた環境とか関係なく、かなえたいことはいつだって山ほどありますよ」

「そういうもんか？」

「そういうもんですね」

「どんなに裕福でも、願い事ってのはなくならんもんなんだな」

「いわゆるお金じゃ買えないものってやつが、この世のなかには腐るほどありますからね」

「おまえにとっては、たとえばそれは？」

「たとえば、そうだな、母親とかね」

「母親？」

「ぼく、一五歳のときに母親を亡くしてるんですよ。自動車事故で」

タカツキリクオはゆっくりと頷き、声のトーンを一段さげて言う。

「ああ、すまん。そうだったのか」

「そうなんです。結構ひどい死に様だったんで、精神的には未だに尾を引いてるんですよね。だからなんとか母親を取り戻せないかって、ずっと願ってるんです。最大の願い事はそれかな。その願望の現実化には、かなり大きなルールの改変をともなうせいか、かなえるのに非常な時間がかかってますけどね。でも、着実に引き寄せてはいるって実感はあります。ほかのことなら大抵すぐに実現してますよ。なんならひとつひとつ、今から列挙してみましょうか？」

「いや、それには及ばない。もう充分だ。興味本位でしつこく訊きすぎた。悪かったよ」

タカツキリクオはそのまま黙り込み、タクシーの追跡に集中する。

緑色のタクシーはなおも玉川通りを直進し、瀬田交差点を潜り抜けるアンダーパスへと入ってゆく。

それを追い、タカツキリクオとニナイケントの乗るＳＵＶも坂道をくだってゆく。

瀬田交差点が目前に迫ってきたあたりから、タクシーが先へ進むほどに、タカツキリクオの表情に変化があらわれだす——自分が住まう地域にどんどん近づいていっているためか、彼は次第に驚きの色を濃くしてゆく。

アンダーパスを出て、今度は坂道をのぼり、二子玉川駅前の百貨店の建物が見えてきたところで、ニナイケントが不意にこう問いかけてくる。

「どうかしたんですか？」

ニナイケントはインナーミラー越しに、タカツキの顔つきを見つめている。

タカツキリクオはとっさに反応するが、途中でいったん言葉を呑み込むと、慎重な口ぶりになって答えをつづける。

「いやまさか、っていうか意外だと思ってな。Ｑがこのへんに住んでるのだとしたら」

「そんなに意外かな、このへんに住んでるのは」

「というよりも、おれが勝手に抱いてるイメージだな。カキオカに雇われる前も、おれはタレントのケツ追っかける仕事をやってたんだが、その頃もこっちまで来る機会は滅多になかったからな」

どことなく苦しまぎれの方便に聞こえぬでもないが、ニナイケントはその点を突っ込もうとはしない。

百貨店前の交差点で信号が赤になり、緑色のタクシーが停車する——その真後ろに、タカツキはＳＵＶを停める。

「タカツキさん」

ニナイケントがあらたまった声色で話しかけてくる。

タカツキリクオが「なんだ？」と応ずると、ニナイケントは彼にこう質問する。

「前にやってたっていうのは、いったいなんの仕事なんですか？」

タカツキリクオは即答する。

「写真週刊誌の記者だ」

信号が青になり、緑色のタクシーとモニタリングチームのＳＵＶは二子玉川駅前へと向かって走りだす。

「本当ですか？　それは凄いな」

ニナイケントは素直に感じ入っている様子でそんな感想を告げる。

「そんなのが凄いことか？」

緑色のタクシーとモニタリングチームのＳＵＶは二子玉川駅前を通りすぎ、東京都道11号大田調布線——通称多摩堤通りとの交差点にさしかかる。

「いや、案外と早かったってことです」

「早かった？　どういうことだ？」

ハンドルを時計まわりに回転させ、交差点で車を右折させながらタカツキは不可解そうに訊ねる。

「写真週刊誌の記者って要するに、パパラッチってことでしょ。ぼくがあなたを引き寄せたんですよ、パパラッチに会ってみたかったから」

そのとき、平穏に運んでいたこの追跡劇に突如として波乱が生ずる。

まず、運転手が尾行に勘づいたのか、交差点を折れて多摩堤通りに入った途端、緑色のタクシーが急激にスピードを上昇させてあっという間に姿を消してしまう。

他方タカツキは、ニナイケントの妙な回答に気を取られたらしく、右折後の加速が遅れ、緑色のタクシーとの車間距離が一気に空いてしまう。

加えてタカツキがアクセルをベタ踏みしようとした矢先、右手のコンビニ横の細道から、いきなり黄色のタクシーが飛びだしてくる——それにより、一時的に進路をふさがれたモニタリングチームのSUVは、ターゲットからますます遠ざかってしまう。

「クソッ」

タカツキリクオは黄色のタクシーを強引に抜き去り、一〇〇キロ近くまでスピードをあげてQを追うが、緑色の車体にはいっこうに追いつかない。

そしてターゲットを見失ったまま、九〇〇メートルほど走り、吉沢橋交差点の手前まできたところでタカツキはＳＵＶを急停止させねばならなくなる。

選択肢は、直進と右折と左折の三方向――緑色のタクシーが、そのうちのどれに進んだのかはもはや突き止めようがない。

「どれだ？　どっちに行った？」

一刻の猶予もない状況に、タカツキの額は汗まみれになっている――後方からは、先ほど抜いた黄色のタクシーが接近してきているのがわかる。

タカツキリクオはふと瞼を閉じ、眉間に皺を寄せて思案をめぐらせる。

その間、ニナイケントは協力しようとする素振りも見せず、セカンドシートにどっしりと座り込んで押し黙っている。

黄色のタクシーのヘッドライトが、ＳＵＶのインナーミラーの全面を照らすくらいの距離に達したとき、タカツキリクオは踏ん切りがついたのか、ついに瞼を開けてアクセルを踏み、ハンドルを左に切る――その彼の瞳にはいっさいの迷いがなく、焦燥の色も失せている。

「なぜこっちに決めたんですか？」

ニナイケントがおちつきはらった物言いで訊いてくる。

「理由はない。ただの勘だ」

タカツキリクオは切迫した面持ちでそのように答える。

そう聞いて、ニナイは依然セカンドシートにどっしりと座り込んで微笑んでいる。

吉沢橋を渡って道なりに走行し、右手にある小さな三角公園をすぎて八〇〇メートルほど行くと突き当たりになるが、タカツキリクオは一瞬のためらいもなく車を右へ進める。

するとと約二〇〇メートル先の、直線の道が右側へゆるく折れ曲がりだしたあたりのところで、一台の車のブレーキランプが光っている。

さらに数十メートル前進してみると、緑色の車体の傍らに人影があることに気づき、タカツキリクオはSUVを徐行させてニナイケントに指示を出す。

「おい、いたぞ。おまえだけ先におりて、跡つけろ。絶対にバレないようにしろ」

ニナイケントが降車したのとほぼ同時に、緑色のタクシーが動きだして天神森橋のほうへ向かって走り去ってゆく。

タカツキの運転するSUVはそのまま直進し、道路を横断しようとしているミカの前を走りすぎ、こぢんまりとした商店街を通りぬけてゆく。

●

午後一一時二〇分——売り地の看板が立っている空き地の前に、ミカを追い越したときとは逆向きになって停車しているSUV。

ニナイケントが白い息を吐きながら車のドアを開け、助手席に乗り込んでくる。

「あそこに見えてる古い洋裁店です。たぶん実家ですね」

道沿いの左手にある、二階建ての一軒家を指差して、ニナイはそう報告する。

スマートフォンでのメールのチェックを中断し、タカツキが訊ねる。

「Qは今もそこに住んでる感じか?」

「どうかな……ああでも、おばあちゃんっぽい人がわざわざ出迎えてたから、普段から暮らしてるわけじゃないのかもな」

「なるほどな」

タカツキリクオは二、三度小刻みに頷いてまたメールを読みはじめるが、首を左右に傾けて、疲労をうかがわせる溜め息をつくと、視線をフロントガラスの外へやってしまう。

「で、ぼくらはこのあと、どうするんですか? 朝まで張り込みですか?」

洋裁店のほうをぼんやりと眺めながら、タカツキは返答する。

「朝番が来るまでな。いつもは午前六時に交替だが、今夜は急かしてもいいだろう。ナンゴウたちは無事だそうだ。結局あそこで絡んできた連中は、アカザワを追ってたやつらだったらしい。警察は、ナンゴウがうまく話つけて帰したから平気だとさ」

「あの人、元警官なんでしたっけ?」

「ああ。しかし多重債務抱えて実質クビになって、今じゃ追っかけ部隊の隊長だがな」

ニナイケントは「ハハハ」と乾いた笑い声をあげる。

日付が変わろうとしているこの時間、当の商店街を通行する車はほとんどなく、通行人も稀にしか見かけない——それゆえに、路肩に停めたSUVの車内に留まり会話している男ふたりを不審視する者は、当面はあらわれそうにない。

「タカツキさんは、前の仕事なんで辞めちゃったんですか？」

ニナイケントの率直なこの問いに、眠たげだった目をはっと見開き、タカツキリクオはしばし苦笑いを浮かべてみせる。

「話しにくいことですか？」

苦笑いの表情のまま数秒ほど間を空けてから、タカツキは重苦しい口調で質問に応ずる。

「話しにくいことかと訊かれれば、正直、話しにくいと答えざるを得ないな。少なくとも、積極的にしゃべりたくなるようなことでないのはたしかだ」

「そうですか」

あっさり引き下がり、やりとり自体をやめてしまったニナイケントは、暇つぶしでもはじめようとしているのか、スマートフォンを起動させている。

そんなニナイの行動を、関心の低下と受けとることはせず、タカツキリクオはすぐに自分のほうから淡々と過去のいきさつを打ち明けだす。

「あの頃も、やってたことは今と変わらない。とにかくタレントを追いかけまくって張り込んで、決定的瞬間ってやつを押さえる。で記事を書く。それがすべてだ。それが仕事のすべてであり、生活のすべてですらあった。ほかのことなんかなにもできないし、したくもなくなる。実際、おれは週一のプラン会議の日以外は四六時中ターゲットを追ってた。追うべきターゲットがいないときは、カメラマンと一緒に街中を流して商売敵なんかの無線を傍受してた。そうしてるうちにネタが入れば、即座に仲間を招集して狩りに勤《いそ》しんだ。日常を全部なげうって、名だたる連中のスキャンダルを暴くことにおれはのめり込んでいた。のめり込みすぎていた。心底夢中になっていた。で、周りが見えなくなっちまっていた。張り班の仲間も漏れなく自分とおなじだと思い込んじまっていた。若い身空で子持ちのやつなんかもいたのに、だれだって家庭なんかより真実に触れていたいもんだとおれはすっかり勘違いしちまっていた。みんなおれみたいに、いつだって獲物に張りつきたくてうずうずしてて、一週間まるごと仕事に費やしたって構わない人間だと信じきっていた。ところがそんなわけはなかった。あまりにも夫が家に寄りつかないせいで、さすがに奥さん方はかんかんになっちまっていた。家庭崩壊はちっとも珍しいことじゃなかった。独り身のおれは、その種のことにはとことん鈍感だった。同僚がどんなに青い顔してたりしょげかえっていようと、遠慮なくスクープのために家庭や私生活を犠牲にさせた。かわいがってた後輩のひとりを地獄に落とす羽目になっちまったのは、おれのそういう自分本位や独断専行が招いた結果だったということだ」

助手席のニナイケントは、どこか感銘でも受けているふうな面持ちでタカツキの告白に耳を傾けている——その上に彼の目つきは、興奮を抑えている様子に見てとれぬでもない。

「なにがあったんですか？」

フロントガラス越しに洋裁店を凝視したままタカツキはそれに答える。

「そいつは奥さんと娘さんを同時に亡くしちまったんだ。しかも、結婚記念日にな。そんな日でもお構いなしに、おれが呼びだしたせいだよ。カスみたいな俳優同士のゴシップごときのためにな。その日そいつは、家庭を修復するラストチャンスだっつって、休みをとって夜は家族水入らずで外食に出かけてたんだ。ちょうどその頃、おれはカメラマンとネタを追っかけててな。それで手がたりなくなって、後輩の携帯に電話して大至急こっちに来いってせっついて、無理矢理したがわせちまったわけだ。その挙げ句、そいつの奥さんと娘さんはタクシーで帰宅させられることになって、途中のトンネルで多重衝突事故に巻き込まれてな……」

タカツキリクオのまなざしは段々と下がり気味になり、車のボンネットのあたりをさまよっているうちに目標物を忘れてしまったみたいに見える。

「そういうことがあってな、いろいろ考えて、あの編集部にはもういられないと結論して、辞めたってことだ」

「なるほどそういう事情でしたか……。でも、今もこうやって、結局おんなじような仕事をつづけてると。それはどういう……」

ニナイの問いかけをさえぎるようにしてタカツキは言う。

「ああその通りだ。やっぱりおれはやめられない。懲りてないんだ。とどのつまりはそういうことだ。ターゲットの追っかけに心血注いで生きてくには、真っ当に暮らそうとしてるやつらがいないところに行かなきゃならなかった。だから今、おれはおまえとこうしてここにいる。

カキオカサトシというろくでもないクズに雇われて、相変わらずタレントのまわりをハエみたいに飛びまわってる」

その言葉を聞いた途端、ニナイケントは微笑みを満面の笑みに変えて感嘆の声をあげる。

「じつに素晴らしい。感動しました。あなたとのこの出会いは、ぼく自身が引き寄せたことなのでごく当然の推移でしかないのですが、しかしこれほどに理想的な人材だとまでは予想していなかったので、本当に感激しています。これなら確実に今年、ぼくは自分の母親を取り戻せそうです」

それに対し、タカツキリクオは何度もまばたきをくりかえしながら当惑をストレートに表明する。

「ちょっと待ってくれ。さっきからおまえはいったいなにを言ってるんだ？　理想的な人材？このおれが？　おまえにとって？」

ニナイケントはまっすぐにタカツキを見つめてこう答える。

「ええそうです」

「カキオカのチームからおれを引き抜く気か？」

「ちがいますよ。いちいちそんなことしなくても、あなたはおのずとぼくの役に立ってしまう。それが自然の摂理というものです。あなたはとうに、ぼくのために働いてるんです」

タカツキリクオはとっさに口を開くも疑問をただちにぶつけるのは控え、一、二拍置いてから慎重に問いただそうとする。

「驚いたな。なぜならこっちにはそんなつもりは毛ほどもないからだ。自覚もないのにこのおれがおまえのためになにをしてやれるんだろうな。説明してくれないか？　百歩譲ってこの状況が、おまえによって引き寄せられたものなんだとしても、おまえが自分の母親を取り戻すのに、おれなんかが必要とされる意味がわからんのだが」

「でしょうね」

　今度はニナイはフロントガラスのほうへ目をやり、いつもの微笑みを浮かべている——ただしその瞳は、眼前の事物ではないものに見入っているような不気味さを宿している。

「母親を取り戻すって、念じるだけじゃないのか？　おれを使って具体的になにかやろうとしてるのか？」

「ほらね」

「ほらね？」

「だからあのときぼくは、誕生日も言いましょうかって訊いたんですよ」

「そりゃいつの話だ？」

「これじゃあ最初からやり直しって感じだな」

　ニナイケントはおどけるみたいに唇をへの字に曲げている。

「ニナイ」

「なんですか？」

「おまえの話の進め方は、どうも独特すぎて、ついてくのが難しいよ」

「そんなこと言われたのははじめてですけど」

「だが現におれは今、途方に暮れて迷子になりかけてる。この分だと、混乱しちまって夜が明けても気づかないでいるかもしれない」

そのとき、突然メールの着信音が鳴り、ふたりそろってスマートフォンを手にとり内容を確認する。

当のメールに添付されていた、午前零時改訂版の行動予定表に素早く目を通したタカツキは、それには特に言及せずにあらためてニナイケントに話しかける。

「なあニナイ、謎かけみたいなやりとりはやめて簡潔に行こう。いいか？　おまえが亡くなった母親を取り戻すためになにを企んでようと、おれには知ったこっちゃない。しかしそこに、おれ自身が関係してるとなると話は別だ。おまえもそうだろうが、自分のことは自分で判断して決めるもんだとおれは思ってるからな」

「でしょうね」

「そもそも、おれを雇ってるのはカキオカであっておまえではない。しかしおまえはさっきから、こちらが入れたおぼえのない仕事の予定を既成事実みたいに話してる。これはまったくおかしなことだ。そんなもんにしたがう義務はないから、ここは笑い飛ばしておしまいにするのが道理というものだ。でもな、せっかくだから、おまえの言い分もこの機会に聞いときたいとおれは思ってる」

「なるほど」

「しかし正直、どっから質問すればいいのかもわからんくらいおれは今混乱している。だいたいなんだ、誕生日っていうのは？」

「面接のときに必要ないっていって訊かなかったでしょ。ぼくの誕生日を」

「ああ、そういえばそうだったな」

「ぼくはね、一九八二年六月二一日月曜日生まれなんですよ。これがどういうことかわかります？」

「いや、まるでわからんね」

「ぼくはウィリアム・アーサー・フィリップ・ルイスとおなじ日に生まれたってことです」

「ウィリアムなに？」

「ウィリアム・アーサー・フィリップ」

「ウィリアム・アーサー・フィリップ？」

「ウィリアム・アーサー・フィリップ・ルイス・マウントバッテン＝ウィンザー」

「だれだそれは？」

「イギリスのウィリアム王子ですよ」

「ウィリアム王子ってあれか、ダイアナ妃とチャールズ皇太子の長男」

「ええそうです」

「ウィリアム王子とおなじ日に生まれた。それがいったいなんだっていうんだ？」

「わかりませんか？」

呆気にとられながらニナイケントは問う。

タカツキリクオはゆっくりと大きく首を横に振る。

ニナイケントは真剣な面持ちで居住まいを正し、身振り手振りをまじえて説き明かす。

「ぼくと彼はおなじ日に生まれたわけだから、ふたつの人生はおなじ運命をたどる可能性が高い。占い的に見ればね。そうでしょう？　そしてご存じの通り、ぼくと彼はおなじ原因で母親を失っているわけですが、それもおなじ年、しかもほとんど同時期になんです。一九九七年の残暑の頃に、恐ろしい交通事故がパリと東京で立て続けに起こっている。この決定的な事実によって、ぼくと彼の人生の重なり具合がいっそうはっきりしたわけです」

瞼を切りとられたかのように見開いた、ニナイケントの血走ったまなこに凝視され、タカツキリクオは息を呑む。ニナイケントはしたり顔で鼻息を荒くしている。

表情を強張らせてタカツキが訊く。

「それで？」

「つまりウィリアム・アーサー・フィリップはこのぼくであり、ぼくはウィリアム・アーサー・フィリップであるということです」

さらに表情を強張らせてタカツキが訊く。

「それで？」

「つまりウィリアム・アーサー・フィリップの生みの母たるダイアナ・フランセス・スペンサーとぼくの生みの母もまた、同一人物であるということです。同年同日に長男を生み、同年の同時期におなじ死に方をしているわけですからね」

なおも表情を強張らせてタカツキが訊く。

「それで？」

「ぼくが自分の母親を取り戻すというのはすなわち、ダイアナ・フランセス・スペンサーをこの世界に復活させることであって、ダイアナ・フランセス・スペンサーが今ここに蘇れば、ぼくのもとに母が帰ってくるわけです。そういうことになるんです。ぼくらの運命のからくりは」

タカツキリクオは返す言葉に窮してしまっている——異様な目つきのニナイと視線を重ねることに耐えがたさを感じたらしく、静かに顔を前方に向けた彼は瞼を閉ざし、困惑の瞳を隠す。

「なるほどそういうことになってるのか。しかしそれでもまだ、なぜおれなのかがわからないな」

目をつむったままタカツキがそう吐露すると、ニナイケントは片側の口角をあげてこう言いかえす。

「意外に鈍いんですね。そろそろ気づいてくれてもよさそうなものだけどな」

「お生憎《あいにく》様だ」

「それじゃあタカツキさん」

「なんだ?」

「彼女の生年月日は知ってますか?」

「彼女って?」

「あの家に今晩寝泊まりする人ですよ」

ニナイケントは、エクストラ・ディメンションズのミカの実家と思しき洋裁店をじっと見ている。タカツキリクオはそれを横目で一瞥《いちべつ》してからこう答える。

「さあ、おぼえてないな。端末には全部記憶させてるが」

「一九九一年七月一日月曜日です。そしてダイアナ・フランセス・スペンサーが生まれたのは、一九六一年七月一日土曜日。彼女とダイアナ・フランセス・スペンサーの年齢差は、ちょうどぴったり三〇歳。またもや、同一誕生日を共有するふたりの重要人物があらわれたというわけです。どうです、なかなか興味深いでしょ?」

そう教えられた途端、タカツキリクオはまいったとでも言いたげに右手で目もとを覆い、後頭部をヘッドレストに押しつける――加えて彼は、なにもかも聞かなかったことにするかのように幾度も首を横に振り、コメントを拒む。

それでもニナイはなんら意に介さず話をつづける。

「つまりおなじ日に生まれたわけだから、彼女とダイアナ・フランセス・スペンサーの人生もおなじ運命をたどる可能性が高い。占い的に見ればそうなる。ちなみにもしも、一九九六年八月二八日水曜日に離婚せず、夫のチャールズ皇太子が国王に即位していれば、ダイアナ・フランセス・スペンサーの称号はプリンセス・オブ・ウェールズから王妃に変わっていたことになる。王妃を英語で言うと、クイーン・コンソート《queen consort》。すなわちQです」

タカツキリクオは今度はがっくり頭を垂れていて、洗面でもしているみたいに両手で顔を覆っている。

「そして彼女、エクストラ・ディメンションズのミカもまた、キングを自称するカキオカさんにQと目されている存在です。Qはクイーンの Qであり、クエーサーのQでもあるわけですが、これから彼女は名実ともにクイーンの称号を得ることになる。現に、デビューしてこのかたEDは破竹の勢い、波に乗りまくってる。だとすれば、さしずめ今の彼女の称号はプリンセス・オブ・ウェーブズってところです。ついでに言うと、エクストラ・ディメンションズがデビューした一二月九日は、ダイアナ・フランセス・スペンサーとチャールズ・フィリップ・アーサー・ジョージの別居が発表された日でもあるんです」

いきなり笑い声をあげ、タカツキリクオは物の怪にでも取り憑かれたかのように首を横に振りつづけている。

ニナイケントはそれでも構わずに話をつづける。

「というわけで、ダイアナ・フランセス・スペンサーとミカの人生の重なり具合がいっそうはっきりしてしまった。プリンセス・オブ・ウェールズが事故死して一三年が経とうとしている今年、プリンセス・オブ・ウェーブズが世界を席巻しつつある。これは明白な兆しです。どういう兆候か？　エクストラ・ディメンションズのミカが、ダイアナ・フランセス・スペンサーとおなじ運命をたどり、自動車事故死を遂げる可能性が高いということです」

タカツキリクオは右手で頬杖をつきながらあきれた笑みを浮かべてこう言い放つ。

「おまえが言ってることは屁理屈だ。なにからなにまでこじつけでしかない。たかがその程度の符合で、おなじ運命とか同一人物とか、頭がおかしいしバカげてる。おまえらとおなじ誕生日の人間なんて世界中に腐るほどいるし、おまえ以上にウィリアム王子とそっくりな人生歩んでるやつだってごろごろいるだろうさ。それにおまえは、符合には過度に注目するくせに食い違いはどれも無視だ。所詮は自分のでっちあげたストーリーに合う情報だけを組み合わせてるにすぎない。ちがうか？」

ニナイケントは「フフフ」と鼻で笑ってそれに応ずる。

「そういう頭の固い反応は筋書き通りだしやむを得ないことです。だいいち、ぼくとタカツキさんとでは知覚できる次元の数がちがう。だから尚更理解に苦しむんでしょう」

「ほう。おまえには四次元や五次元が知覚できるっていうのか」

「そういうことになるんじゃないかな」

タカツキリクオは首を横に振りながらせせら笑っている。

「言ったもん勝ちだな。しかしそのことはまあいい。たしかめようがないからな」

ニナイケントは相変わらずにやついている。

「それでだ、まだ聞いてないぞ。おまえのそのイカれたストーリーに、このおれがどう関わってるのか」

「ほんとに鈍い人だな」

「生憎な」

「ダイアナ・フランセス・スペンサーが死んだのはなぜですか？」

「車の衝突事故だ」

「事故の原因は？」

「原因？　スピードの出しすぎだろ。それと運転手が酒気帯びだったはずだ」

「ではなぜ運転手は、後部座席にＶＩＰをふたりも乗せていて、自分自身は酔っていたにもかかわらず、トンネル内で激しい衝突事故を起こすほどのスピードを出さなきゃならなかったんですか？」

「追われてたからだ」

「だれに？」

「だれに？　メディアだろ。カメラマンだ」

満足そうに微笑んでいるニナイケントに見つめられ、タカツキリクオはこうつぶやく。

「ああ、そういうことか」言いながらタカツキは、脱力したみたいに運転席のシートにもたれかかる。

「おもしろい巡り合わせだと思いませんか？」

「パパラッチか」

「そう、パパラッチ。もしかしたら、一九九七年八月三一日日曜日の午前零時二〇分に、ダイアナ・フランセス・スペンサーをパリで追っかけてたパパラッチのひとりとタカツキさんは、おなじ日に生まれてるのかもしれませんよ」

承服しかねる様子でタカツキは言い捨てる。

「しかしおれがやってた仕事は、いわゆるパパラッチとは似てるようでちがうがな」

「それは誤差の範囲内ってやつです」

「その範囲が広すぎることをなんて言うか知ってるか？　ご都合主義って言うんだよ」

ニナイケントに動ずる気配はない——横目でタカツキリクオと視線を交わしながら、彼は平然と話を先に進める。

「どっちにしてもね、要するにまあ、役者がそろってきたってことです。かつてパパラッチだったあなたは、今もパパラッチみたいな仕事をつづけていて、Qと呼ばれるターゲットを追いかけている。これでますます、エクストラ・ディメンションズのミカとダイアナ・フランセス・スペンサーの人生がおなじ運命をたどる可能性が高まった。あなたは自覚もなしに、その可能性が引き寄せられて現実化することに手を貸している。つまりあの恐ろしい自動車事故が、近いうちに再現されるかもしれないってことです。都内か、それ以外のどこかでね」

それに対してタカツキリクオが訝しげに問う。

「随分と嬉しそうにしゃべってるが、妙じゃないか。ミカがダイアナ妃で、ダイアナ妃がおまえの母親だっていう珍説をあえて真に受けるとすれば、その事故が再現されてしまうのは、おまえにとっては望ましからざる事態なんじゃないのか？」

「長かったな」

「なんだって？」

「やっと説明を終われそうだから、ほっとしてるんですよ」

「そいつはなによりだ。おれも一刻も早くこの混乱から解放されたい」

ニナイケントはふたたび洋裁店のほうをじっと見ながらこう打ち明ける。

「ミカとダイアナ・フランセス・スペンサーの人生がおなじ運命をたどっている以上、事故そのものの再現は避けられないことです。ただ、事故そのものの再現は避けられなくても、結果を変えることはできる。ぼくにはそれができる。引き寄せの法則を自在に使いこなせるぼくには、たとえあの凄惨な事故がまた起こってしまっても、彼女を無傷で救いだすことができる。つまりぼくは、ダイアナ・フランセス・スペンサーの死亡事故をなかったことにできる。ダイアナ・フランセス・スペンサーの死亡事故がなかったことになれば、ぼくの母の事故死も帳消しになる。事故死が帳消しになれば当然、母はぼくのもとに帰ってくる。八月の末に、時速一〇〇キロを超えるスピードでトンネルの支柱に激突する事故に遭っても、ぼくと一緒に彼女は無事に車からおりることができるわけです」

言い終えると、映画の名場面でも眺めているみたいに、ニナイケントは目を細めて両側の口角をあげる。

憐れむような目つきを助手席に向け、タカツキリクオは穏やかな口調でこう指摘する。

「引き寄せの法則で結果を変えられるのなら、事故そのものだって起こさないこともできるはずじゃないか。そう念じてみればいいじゃないか。確実に命を落とす事故が起こるとわかってて、王妃様をわざわざそんな危険な目に遭わせることはない」

ニナイケントも穏やかに返答する。

「事情に暗い人は、そんなふうに考えたがるものです。しかしそれは現実的な方法とは言えない。実際にはまだ起こってもいないことを想定して、それが起こらない可能性を引き寄せるというのは、当てはまるシチュエーションが無限にありすぎてイメージをまとめにくいんです。

宇宙のデータベースは、構文ではなくイメージによる抽出データの指定を好みます。そのためこちらが思い描くイメージがぼんやりとしたものになっていると、可能性を引き寄せる力はそれだけ弱まってしまう。だったらより具体的に、起こるとわかっていることを想定して、そのなかのひとつの可能性を引き寄せるほうが間違いがないんです」

タカツキリクオは腑に落ちない顔つきでフロントガラスの向こう側を見やっている。

「納得がゆきませんか？」

「というより、よくもそこまで出鱈目を思いつくもんだと感心してるんだ」

ニナイケントは「フフフ」と鼻で笑うとこのように言い添える。

「まあ見ててください。ぼくがこのチームに入ったからには、ちゃんと結果を出してみせますから。あなたはなにもしなくていいんです。タカツキさんの役柄は、これまで通り、ただ彼女を追いかけていればいい。モニタリングチームはこのまま活動していればいい。それで自動車事故が起こったら、ぼくが必ずQを救います。彼女が死ぬことは絶対にありません。ぼくという守護神がついてますからね」

カーチェイスのあとの長話にすっかり疲れきってしまったらしく、タカツキリクオは無反応になり、まばたきが多くなっている。

フロントガラス越しの夜景――ＳＵＶの停車位置から五〇メートルほど先の路上には、コンビニエンスストアの明かりがこぼれている。

ニナイケントはそちらを一瞥し、買い出しを申し出る。

「コーヒーでも買ってきますよ。それかユンケルとかのほうがいいですか？」

「そうだな。レッドブルも頼む」

早速に車のドアを開けようとするニナイケントに、タカツキはこう話しかける。

「じつはな、ダイアナ妃が事故死した日に、おれはパパラッチになったんだ」

身動きを止めて振りかえり、ニナイケントは耳を傾けている。

「それ以前はおれは、あっちこっちの出版社や編プロなんかに出入りしてなんでも屋のライターをやってたんだが、ゴールデン街のバーで知り合いの作家にFの編集長紹介してもらってな。それでおなじ店で編集長とまたばったり会ったときに、意気がって自分を売り込んでみたら、あっさり張り班に入れてもらえたわけ。初仕事の日のことは今でもよくおぼえてる。張り込みの最中、カーラジオ聞いてたら、ダイアナ妃とドディ・アルファイドが衝突事故で死んだっていうニュースがいきなり流れてな。正午頃のことだ」

「なぜ今になってそのことを？」

「もちろん宗旨替えしたわけじゃない。公平を期すために言っとくだけだ。こんなのは、単なる偶然でしかないと思ってるからこそ、ここでおまえに話しとくのが筋だと考えたんだ」

ニナイケントはそれにいつもの微笑みで応ずる——そしてただちにドアを開け、彼は車外へと出てゆく。

6

二〇一〇年二月二四日水曜日、午前五時一九分——多摩川の支流沿いに建つ賃貸マンション、六階西向きの角部屋。

ペンダントライトの灯ったダイニングルーム——Tシャツとパンツのみの格好のタカツキリクオが、スマートフォンでだれかといらだたしげに通話しながら室内をぐるぐる歩きまわっている。

カーテンの向こう側は暗い。

ダイニングテーブルの上には、すこやかプレーンヨーグルトの五〇〇ミリリットル・パックと果汁一〇〇パーセント・オレンジジュースの一リットル・パックに加えて、六〇〇グラムサイズのハチミツの瓶とヨーグルトを食べ終わったあとのガラスボウルが載っている。

テレビには朝の情報ワイド番組が映し出されている。天気予報によると、本日の都内は快晴、最高気温は摂氏一六度まであがる見通し——現在の気温は摂氏九度弱。

タカツキリクオの顔色は曇っており、声色にも刺がある。

「なんだって？　それはまずい。無理ですよ。楽屋なんて入れるわけがない。おまけにそれってルール違反でしょ。は？　図面手に入れた？　ちょっと待ってくださいよ。そんなのおかしいでしょ。自殺行為じゃないですか。だれがやるって？　無茶だ。あいつらわかってんですか？　そんな向こう見ずにはつきあいきれないな。は？　ボーナス？　冗談じゃない。それでバレたら全員即切り捨てですよ？　割に合わなすぎる。なんならおれがカキオカに話します。なに言ってんですかアホらしい。ルール忘れたんですか？　それ立てたのあんたじゃないですか。とにかくおれは断固反対ですね。絶対に断わるべきだ」

電話を切ると、タカツキリクオはダイニングチェアには座らずテーブルに腰かけて、何度も首を横に振りながら深々と溜め息をつく。

しばらくして、腕時計で時刻を確認したタカツキはオレンジジュースを飲み干し、リモコンを突きだしてテレビを消そうとする。

すると42V型画面の下部に、「引き寄せの法則で億万長者に！　『ミセスワタナベ』最新レポート」というテロップが表示されているのを見て、タカツキリクオは動作を止める。

画面上にはニットワンピースを着た女性が匿名で登場しており、首から下の姿だけがカメラにとらえられている。音声は加工されていて、ときどき映る表情にもモザイク処理がほどこされているため人物の特定はできない。

主に外国為替証拠金取引——通称ＦＸで大儲けした個人投資家《ミセスワタナベ》のひとりと紹介されてインタビューを受けている当の女性は、「高い運用実績の秘訣」として「引き寄せの法則」を最大限に活用したことを告白している。「引き寄せの法則」を使いだしてからみるみる利益をあげられるようになったと彼女は語り、両手の指や手首を飾るジュエリーをしきりと触っている。

番組はそれにつづき、「引き寄せの法則」を利用して大きく儲けている個人投資家がこのところ急増しているらしいという情報を流す――そうした傾向を裏付けるものとして、インターネットで集めたアンケート結果と称する円グラフをキャスターが提示する。

その後に番組は「引き寄せの法則」に関する解説に移り、関連本をざっと取りあげたあと、ブームの火付け役になったとされるインターネット上のウェブサイトに注目する――それは二ヵ月前にミドリカワユウゾウが銀座の高級寿司店でタカツキリクオに教えた、「Law of attraction／最新メソッドまとめ」という名の、有志が運営するウェブサイト。当のサイトを通じて「引き寄せの法則」に興味を持った人々が、関連本を買いあさる現象なども起きていることが、書店員へのインタビューによって明らかとなる。

また昨今、そのように「引き寄せの法則」をもちいて株式投資や為替取引でひと儲けする人たちが次々にあらわれているいっぽうで、貧困層の拡大に歯止めがかからない現実もあることをキャスターがつけ加える――そういった、富の二極化や格差社会化が加速する現状への早急な打開策が望まれるとして、番組はコーナーを締めくくる。

タカツキリクオは神妙な面持ちでテレビのスイッチを切る。

それからスマートフォンを手にして急いで立ちあがった彼は、電灯も消してダイニンググルームを出てゆく。

●

午前七時一三分——港区赤坂の複合商業施設、東京ミッドタウンの地下二階P３駐車場。

黒いＳＵＶを機械式駐車場に入庫すると、タカツキリクオはエレベーターで一階にあがり、スターバックスコーヒーに入ってゆく。

午前七時三三分——スターバックスコーヒーの店内。

奥の一角に陣取っているモニタリングチームの面々——タカツキ班の四人とニシタニ班の四人、さらにはナンゴウタクマとヒガシジマサルのふたりを加えた一〇名が集まり、これから実施する作戦の最終確認をおこなっている。テーブル上には、量や容器にばらつきのある一〇人分のコーヒーやラテが並んでいる。

骨伝導イヤフォンマイクの送受信チェックを済ませると、各自はスマートフォンに表示させた行動予定表をときおり見ながらナンゴウタクマの出す指示に聞き入る。

ナンゴウタクマは、テレビ局への一日限定の入館証と番組観覧応募当選メールのプリントアウトをテーブルに置く——番組観覧応募当選メールには、入館の際の整理番号がついていて、集合時間は午後一二時四〇分と記されている。

「結局、手に入った正規のパスはこのふたつと搬入許可証だけだ。ミズタも相当ねばったみてえだがな、どうにもならん、超プラチナペーパーだとさ。入館証はともかく、まさか当選券が一枚きりとは思ってもみなかったが、いくら金積んでも無理だっつうんだから、まあしゃあない。人気がな、マジでとんでもないことになってきてる。つうわけで、パスは二枚きりしかないから必然的に、ヒガシとアオヤギが使う」

ニナイケントが、ヒガシジママサルとアオヤギケイコを交互に指差しながら訊く。

「なぜ必然的に、なんですか？」

ヒガシジママサルがそれに答える。

「おれ昔な、あの放送局の子会社にいて警備員やってたんだよ。なかの様子が頭に入ってるからさ、身動きとりやすいわけ。アオヤギさんは……」

「あたしは番組観覧何回も行ってるから」

入館証がヒガシジママサルに、番組観覧応募当選メールのプリントアウトがアオヤギケイコに手渡される。ふたりは早速に、それぞれのパスに印字されている注意書きを読みはじめる。潜入用の無難な衣裳として、ヒガシジママサルはビジネススーツを着用し、アオヤギケイコはノルディックセーターにスウェット地のロングスカートを合わせている。

「ほかのやつはトラックで乗り込む。搬入許可証はタカツキに渡してある。本物だからまず大丈夫なはずだが、いろいろ調べられたらどっかでボロが出ちまうだろう。そうなる前に、やることとさっさとかたづけて退散しとけよ。運転手はおまえだな？」

視線を向けられたヤマシタサトエが素早く頷く。

「ニシタニはおれと一緒に後方支援だ。局の隣にも一個、デカいビルがあるだろ。あそこの地下駐車場で車内待機。いちおう警備無線の傍受も試してはみるが、どうだかな。まあなんか聞こえてきたらその都度伝えるが、期待はしないほうがいいだろう。あとはタカツキ、おまえから詳細しゃべってくれ」

不機嫌そうにコーヒーを飲んでいたタカツキリクオがやや前屈みの姿勢になる――そしてメンバーらにも自分のほうに顔を近づけさせると、彼はおもむろに低い声で話しだす。

「言われなくともわかってるとは思うが、今回の仕事はかなりリスキーだ。下手したらみんな今日中に豚箱行きってことになりかねない。だからいつも以上に慎重にやらないといけない。これはそう心がけようってレベルの話じゃなく、必須の義務だ。勝手な真似は慎んでくれ。いいな？」

タカツキの憂慮《ゆうりょ》をだれもが共有しているらしく、輪のなかの全員が真顔で頷いてみせる。それを見届けて、自らもこくりと頷いてからタカツキは作戦の概要を述べはじめる。

「先にヒガシが局内に潜り込んで現場状況を確認。無線で随時報告しながら次の段階に備える。つづいて午前九時までに、ヤマシタ、ニナイ、兄弟、サワザキ、おれの六人がトラックで美術搬入口に向かう。ヤマシタが運転、助手席にはサワザキが乗って、打ち合わせた通りに警備の人間とやりとりしろ。一〇分すぎても許可がおりないようなら、それ以上はこだわるな。美術センターに問い合わせられそうになったらそこで終了。曜日を間違えたことにでもして、おとなしく引きかえすんだ」

　一度言葉を切り、コーヒーをひと口飲んでからタカツキはつづける。

「無事に許可がおりたらトロイの木馬発動だ。ヤマシタとサワザキが荷台の木馬を運びだして大道具倉庫に持ち込む。美術搬入口はビルの四階にあって、大道具倉庫や収録スタジオとおなじフロアだから、よほどのヘマさえしなけりゃここは問題なくクリアできるだろう。木馬を大道具倉庫におさめたら三回ノックして、ふたりは速やかに撤収。その後は局を出てトラックの処分に移る。解体屋の場所はわかってるな？」

　サワザキコウタがスマートフォンの画面に見入りながら右手の親指を立てて応ずる。

「ノックが聞こえたらおれたち四人は木馬から出て、メイク室と楽屋にワイヤレスカメラを仕掛ける。大変なのはここからだ。部屋の鍵はカズヤがバンピングで開けると言ってるが、なにしろ局内だ。時間も時間だけに、通路には常にだれかしらいると考えたほうがいい。というわけで、解錠のチャンスがない場合はプランBだ」

　黒いつなぎの作業着姿のハイバカズヤは気だるそうにして、ハンマー状の器具の先端で自身の肩をとんとん叩いている。

「番組はいちばん広いBスタジオで収録される。Bスタジオのメイク室と楽屋はちょうどトイレと隣り合う位置にある。図面を見ると、どちらの部屋も空調ダクトを介してトイレとつながってる。ダクトは優に人ひとりが横になって通れるくらいの大きさだ。それならトイレの吹き出し口をはずしてダクトを這っていけば、メイク室と楽屋の天井のどこかにカメラを仕掛けられるというわけだ。しかしダクトにダンパーがかましてあったら先には進めない。その場合はボーカメかボアスコープを使うことになるが、そうすると、ダクトに入ったやつは仕事が終わるまでなかに残らざるを得ないかもしれない。狭苦しいところで、音も立てずにじっとしてなきゃならないわけだ。ことによると二、三時間は動けない。この無謀な任務はシンヤが引き受けてくれるそうだ」

　弟とそろいのつなぎを着たハイバシンヤが、挑発的な面構えで左手を掲げ、人差し指と中指と小指を立てつつ親指と薬指で《ショッカーサイン》輪をつくって皆の視線に応えている。

「その間、ヒガシは四階の要所要所をまわって無線で状況を報告してくれ。アオヤギも局内に入ったら、収録がはじまるまではなにかあるたびに無線で知らせてほしい。こっちはカメラの仕込みがひと段落ついたら、いったんばらけて目立たない場所に身を隠す。このフロアは五箇所にトイレがある。そのうちのどれかの個室とか、大道具倉庫なんかに潜んでればいいだろう」

「それと、ちょっといい？　AスタとBスタのあいだにね、ABスタジオホールっていう待合所みたいなスペースがあるんですよ。吹き抜けのテラスっぽくなってて、椅子とかテーブルが置いてあるんですけどね、そこに普通にいてもたぶん問題ないですね。だれか待ってるふりして、本でも読んでればいいんじゃないかな」

ヒガシジママサルのその提案に対し、タカツキリクオは深く頷いてみせる。

「番組観覧の客も、控え室を出たらおそらくそこに集められるだろう。そのときに、まぎれこめるならおれたちもそのまま一緒にスタジオに入ってステージ撮影にまわる。おれたちが観覧に加わるかどうかは、アオヤギの観察情報を待って直前に判断する。ステージ用の偽装カメラも今のうちに渡しとく」

テーブルの上に、小型カメラが仕込まれた眼鏡や野球帽や腕時計などをタカツキが並べると、それらを「木馬」で潜入する三人とヒガシジママサルが思い思いに選びとってゆく。

「収録が終わったら仕掛けを回収して撤収だ。外に出るときも、ばらけざるを得ないかもしれないが、その場合も無線で連絡し合って臨機応変にやる。なにか質問あるか？」

「局んなかにいるときに、だれかがヤバいことになったときは？」ハイバカズヤが訊ねる。

「そのときは非常ベルを鳴らせ。別の騒ぎをでっちあげて、そっちに注意をそらして時間稼ぎするしかない」

言い終えると、タカツキリクオは各自の気勢や心構えをたしかめるようにメンバーの表情を見まわす。

会話が途切れたところで、ナンゴウタクマが腕時計を一瞥して言う。

「時間だ。各々所定の行動に移るぞ」

その声を合図に、ヒガシジママサルが逸早く席を立って店を出てゆく。

ヤマシタサトエとサワザキコウタがテーブル上の容器などをかたづけようとすると、ひとり着席したままのアオヤギケイコがふたりに話しかける。

「ゴミはあたしが捨てるからいいよ。あたしだけ時間あまっちゃったからさ。あ、そうだ、ねえタカツキさん」

背中を向けていたタカツキリクオが振りかえる。

「なんだ？」

アオヤギケイコは手招きして、タカツキリクオに顔を近づけさせて小声で言う。

「兄弟だけボーナス出るってほんとなの？」

タカツキリクオは苦笑いして即答する。

「兄弟だけってことはない。いい働きをすればみんなに出る」

「でもあたしのパートなんてさあ、ただ観覧するってだけじゃない。なんかひとりだけ楽してるみたいなんだもん。そんなんでさ、どうしたらボーナス出るっていうのよ」

「楽なパートなんかひとつもない。おまえの役目はとても重要なものだ。だからやるべきことをきちんとこなせ。そしてそうだな。スタジオに入ったらとりあえず、Qのパフォーマンスがよく撮れる場所の確保につとめろ。それでベストな画が撮れてたら、カキオカは間違いなくおまえにも支払うよ」

いまいち合点がゆかぬ様子ながらもアオヤギケイコが小刻みに頷くと、彼女の肩を二、三度叩いてタカツキリクオはその場をあとにする。

●

午前九時三四分——テレビ局四階の通路。

Bスタジオ側のメイク室の前を通りすぎる際、テレビ局の社員とすれちがうタカツキリクオとハイバカズヤ。

「いいじゃん、やっちゃおうよ」

バンピングを試みたくてうずうずしているらしいハイバカズヤにそう囁《ささや》かれて、タカツキリクオは透かさず首を横に振る。

「駄目だ。一周しただけで五人もすれちがってる。もうひとまわりしてまたすれちがうようならプランBだ」

通路を歩いているふたりが、ABスタジオホールのそばにさしかかると、椅子に座っているヒガシジママサルが目を合わさずに骨伝導イヤフォンマイクを介して話しかけてくる。

「これから会議室使うみたいだから、当分は人通り増えますよ」

その報告を受け、タカツキリクオはハイバカズヤにプラン変更のアイコンタクトを送る。

タカツキリクオとハイバカズヤは早足で通路を移動し、Bスタジオ側の楽屋に隣接している男性用トイレに入る。ふたつある個室の奥のほうを六回ノックするとドアが開き、なかからナイロン製のドラムバッグを抱えたハイバシンヤが出てくる。

タカツキリクオは骨伝導イヤフォンマイクでヒガシジママサルに指示を伝える。

「プランBだ。今すぐ喫煙所に移って、トイレの前見張っててくれ」

この時点ですでに、ハイバ兄弟は天井の空調吹き出し口の取りはずしにかかろうとしている——弟のカズヤに肩車されながら、ハイバシンヤが工具をもちいて作業を進めようとしている。

しかし数分もしないうちに、ハイバシンヤはなにかに気づいてふと手を止めてしまう——途端に渋い顔つきになった彼は、「ヤべえな」などとつぶやきを漏らす。

ハイバシンヤのその言葉に反応し、タカツキリクオが「どうした？」と訊く。

「はずせねえかもしんない」

そう答えると、ハイバシンヤは弟の肩から一度おり、天井を見上げてしばし考え込む。

そこへ不意に、ニナイケントがあらわれたため、タカツキリクオとハイバ兄弟は一瞬体をびくっとさせる。

「驚かせるな。どこ行ってた？」

タカツキにそう問われると、ニナイケントは微笑みを浮かべて返答する。

「Aスタジオのほうのトイレに」

「無断でいなくなるな」

苦言を褒め言葉とでも勘違いしたかのごとく、ニナイケントはにこやかに頷いている。

悪びれる素振りもなく業務に復帰しているニナイケントに、タカツキリクオは訝しげな目を向けている。

するとそのとき、ヒガシジママサルから無線で一斉に警告が入る。

「トイレに客ひとり。あと一〇秒くらいで到着」

トイレ内の四人は、とっさにふた組にわかれて個室に逃げ込む。

その直後、カレッジトレーナーにダメージデニムを合わせた若い男が駆け足でやってきて小用を足しはじめる。

さらにつづいて、その数十秒後にジャージ姿の若い男が男性用トイレを訪れてはたと立ちどまり、閉ざされているふたつの個室のドアを睨みだす。

トレーナーにデニムの男はほどなく小用を済ませると、手を洗ってトイレを出てゆく。

かたやジャージ姿の男は仁王立ちになって個室が空くのを待ちつづけ、段々といらだちをあらわにし、舌打ちしたり片足で床を踏み鳴らしたりする。

そこにもうひとり、ブレザーをまとった男が加わるが、個室がふたつふさがっていて順番待ちの先客すらいることを見てとると、迷わずUターンしてしまう。

そのUターンに影響されたのか、あるいはとうとう便意をこらえきれなくなったのか、ジャージ姿の男もそれから間もなくしてあきらめて、トイレを出てゆく。

その十数秒後に、ヒガシジママサルから「退室ＯＫ」の連絡を受けた四人が、ふたつの個室から速やかに出てくる。

「取りはずすのは不可能ってことか？　それとも単に時間がかかりそうってことか？」

タカツキリクオが早口で訊ねると、ハイバシンヤはこのように答える。

「不可能ってことはない。ただ時間はかかる。ボルトで留めてあんだけど、とにかくえれえまわしにくい。おまけに吹き出し口自体がデカいから、ボルトの数も多い。電動レンチ忘れたのは痛かったな」

ハイバシンヤは腕組みしてあらためて天井を見上げている。

タカツキリクオはただちに掃除用具置き場の扉を開け、「清掃中」のサインボードを取りだして出入り口に立てる。

「とりあえずの応急措置だ。持ってせいぜい一五分だろうが、ないよりはいい」

傍らで見ていたニナイケントに小声でそう言うと、タカツキリクオはハイバシンヤの隣に行って気休めを口にする。

「二〇分は稼げると思う。疲れたら交替でやろう。大丈夫だ、うまく行く」

ハイバシンヤが頷くと、弟のカズヤが突然に体の向きを変え、思いつめた口調でこう言い放つ。

「二〇分じゃ無理だ。全部やるには時間がたりねえって。ふた部屋あるんだぞ」

「だがこれしか方法がない」タカツキリクオが即座に応ずる。

「おれもやる。兄貴だけ背負うことはねえ」

力のこもった声音でそう言いかえすと、ハイバカズヤはハンマー状の器具を袖に隠して足早にトイレを出てゆく。

止める間もなく出ていったハイバカズヤを目で追いながら、タカツキリクオは無線でヒガシジママサルに新たな指示を告げる。

「カズヤが解錠する気だ。そっちのフォローも頼む」

「了解。ちょうど今、人少なくなってきたからそれもありかも」

この報告を聞いた途端、「今のうちだ」と述べてタカツキは機敏に動き、工具を手にしたハイバシンヤを肩車する。

ニナイケントが腕時計を一瞥し、時刻が午前一〇時をまわったことを皆に知らせる。

●

午前一〇時一七分——タカツキリクオの肩に乗り、顔中に玉の汗を浮かべたハイバシンヤが、下にいるニナイケントに取りはずしたパンチング型吹き出し口を手渡している。

それにつづき、ハイバシンヤはＬＥＤライト付き眼鏡をかけて明かりをつけ、ダクト内を覗き込んでなかの様子を確認する。

そこへハイバカズヤが戻ってきて、達成感に満ちた表情でタカツキリクオとニナイケントに対し「完了」のハンドサインを示す。タカツキが訊く。

「いくつ仕掛けた？」

「メイク室に二個。口紅と置き時計のやつ」

「画はちゃんと来てるか？」

「来てる、と思う」

「思う？　両方チェックしたか？」

ハイバカズヤは急いで液晶モニター受信機を手にとり、ワイヤレスカメラの映像チェックをおこなう。

「残ってんのは楽屋だよな？」

ダクト内を確認中のハイバシンヤがタカツキリクオに問いかける。

「そうだ。どうだ、行けそうか？」

「まあ、行けなかないが、楽屋の吹き出し口の手前のあたりにダンパーかましてあるな。ボーカメよこして」

すでに準備していたニナイケントが、先端部にＣＣＤカメラとマイクロフォンが装備された伸縮自在のグラスファイバー製ポールとコントロールボックスをハイバシンヤに手渡す――コントロールボックスは、カスタマイズにより軽量・小型化されている。

ハイバシンヤは、手はじめにボーカメをダクト内に押し入れると、ひきつづきゆっくりとタカツキリクオの肩の上に立ちあがり、自分自身もなかに入り込んでゆく。

空調ダクトへの侵入に成功したハイバシンヤに向けて、タカツキリクオが骨伝導イヤフォンマイクを介してこう訊ねる。

「問題ないか？　なければ閉めるぞ？」

「ＯＫ。カメラのセッティング終わったら、無線はずしておれ寝に入るから、撤収んときに電話で起こして」

その返答を受け、今度はニナイケントがタカツキリクオの肩に乗って空調吹き出し口の取り付けにかかる。

無線でハイバシンヤが要領を教え、それにしたがいニナイケントは作業を進めてゆく。

タカツキリクオは肩車しながらハイバカズヤと目を合わせ、「どうだった？」と訊く。

ハイバカズヤは、それへの返事として親指を立てて握った右手を掲げてみせる。

腕時計を見ると、あと一五分ほどで午前一一時を迎えることをタカツキリクオは知る。

「もう少しだ」

ニナイケントがそうつぶやき、取り付け作業が終了間近の段階まできたとき、無線を通じてヒガシジママサルからこう警告が入る。

「まずい。スーツのおっさんと掃除のおばちゃんがエレベーターから出てきてそっちに向かってる。総務とか、そっちの人間ぽいな。苦情入ったかな」

空調吹き出し口は依然として、完全には嵌《は》まりきっていない。

ニナイケントはあわてるふうでもなく、黙々と作業に取り組んでいるが、差し込んでいないボルトがまだ三本ある——だれかに真下に立たれて目を凝らされると、吹き出し口の枠と天井板のあいだにできた隙間に気づかれてしまう恐れがある。

「おい、中断しねえとヤベえぞ」

床からドラムバッグを抱えあげ、中腰の姿勢のままハイバカズヤがタカツキリクオにそう訴える。

それでもなお、ニナイケントは作業をやめず、彼を肩に乗せているタカツキリクオも指示を出さずに沈黙している。

「おいヤベえって」

個室への避難を済ませたハイバカズヤが、ドアを半開きにして顔だけ出し、血相を変えてせっついている。

次第に足音が近寄ってきて、とうとう出入り口の直前でふたりの人間が立ちどまる音がした拍子に、タカツキリクオはニナイケントをおろしてともに素早く個室に入り込む。

息を殺して壁に背中を貼りつけているニナイケントの手のひらには、二本のボルトが残っている。

タカツキリクオは耳をそばだてる——すると出入り口の直前で立ちどまった足音の主たちが、その場で立ち話しているのが聞こえてくる。

サインボードが出しっぱなしになっているのを不審視したらしい足音の主たちはまず、女性用トイレ内の確認をおこなう——そしてそちらに異常がないことを見極めると、次にふたりは男性用トイレの様子を見にやってくる。

ふたりの足音が、容赦ない気配を帯びた毅然たる足どりで一歩、二歩と接近してくる——高まるその足音に聞き入るかのごとく、タカツキリクオは息を潜めながら眉間に皺を寄せて瞼を閉ざす。

男性用トイレのなかに、革製の靴底が床を踏み鳴らす音が響く。

するとそのとき、緊迫した状況に新たな因子がつけ加わる。

テレビ局関係者のふたりが、男性用トイレに二、三歩踏み入ったのと同時に、通路のほうから彼らを呼びとめる声がする。

どうやらさらにひとり、トイレの出入り口あたりに関係者があらわれたらしく、こっちではなくAスタ側のトイレだと指摘してから、先に来ていたふたりに同行を促す。

当の三人がトイレを離れて十数秒ほどが経過すると、ヒガシジママサルからの報告が入る——骨伝導イヤフォンマイクを介して届くヒガシジマの囁き声は、個室に隠れたタカツキらにこんな内容を伝えてくる。

「問題クリア。そちらでなにもなければ業務続行OK。こちらは今、Aスタ側トイレの前。総務っぽいおっさんと掃除のおばちゃんがさっき呼ばれたのは、こっちの女子トイレの床に吐きっぱなしのゲロがあったから。最初にそっちのトイレに行ったのは、『清掃中』の看板が出てたかららしい。こっちじゃ相当大量のゲロだってびっくりしてるから、そっちのことなんかたぶんもうだれも気にしちゃいない。あやしまれてもないな。これからこっちの床掃除がはじまるみたいだから、仕事するなら今のうちです」

タカツキリクオはふうっと安堵の息を吐きだし、天を仰ぐ。

その隣では、ニナイケントが不敵な笑みを浮かべている。

そんなニナイに対し、タカツキリクオはなにか言いかける——しかしすぐに思い直したらしく、ただちに彼はニナイと個室を出て、空調吹き出し口の取り付け作業を再開させる。

●

午後二時三一分——大道具倉庫。

段ボール製で中身が空洞の木馬にひとり身を潜め、タカツキリクオがしゃがみ込んだ状態で寝入っている。

やがてエレクトロポップ・ミュージックの単調なリズムとカラフルな音色が大音量で鳴り渡り、タカツキリクオははっとなって目を覚ます。

音楽が鳴っているのは、隣り合っているBスタジオのほうだが、ふたつのスペースは壁や扉ですっかり隔てられているわけではないため、倉庫内にも音が直接に響いてきている。

右手の甲で目もとをぬぐい、腕時計で時刻をたしかめると、タカツキリクオは暑そうに表情をゆがめて外に出て、木馬を解体する——その残骸は、可能なかぎり小さく折り畳んで物陰に隠す。

ひとつ作業を終えたタカツキは、大道具倉庫の隅っこに突っ立ち、警戒しながら周囲を見まわす。

それから彼は、木馬にこもっているあいだ脱いでいた、黒い細身のレザーブルゾンを薄手のカットソーの上にまとうと、無線でモニタリングチームのメンバーに話しかける。

「カズヤはどこだ?」

ほどなくして、ハイバカズヤから応答がくる。

「待合所。スタジオホールってとこ。ヒガシさんと一緒」

「ニナイは?」

「あいつはスタジオ」

「入れたのか? どうやって?」

「トイレだかどっかで当選券拾ったとかっつって、列の最後にくっついて入ってってたわ。あいつ結構躊躇ねえな」

ここでヒガシジママサルがやりとりに割って入ってくる。

「収録はじまる前に、彼と無線でしゃべったけど、大丈夫そうでしたね。ベスポジとれたから、ライブもばっちり撮れるって。二カメになったからいいじゃないですか。押さえの画が確保できたし、ペナルティーの心配はもうないですね」

そう聞いたタカツキは、腑に落ちない様子で視線を落とし、腕を組んで思案顔になる。

「そっちは今どこですか？」

意識をそらして口をつぐんでいると、今度はヒガシジマのほうから問いかけられる――タカツキリクオは視線をあげて腕組みをやめ、会話をつづける。

「まだ大道具倉庫だ。木馬のなかで寝ちまってた。それでカズヤ」

「なに？」

「メイク室の口紅と置き時計は回収したか？」

「これからやるとこ」

「わかった。ならそれ済ましたら、シンヤを起こして撤収の準備にかかろう」

メンバーとの交信をいったん切ったタカツキは、両手で洗面する仕草をしながらお辞儀でもするみたいに上半身を折り曲げる――それから彼は一度溜め息をつくと、前に屈んだまま両手を膝の上に乗せ、疲労がどっと出たみたいにしばし身動きを止めてしまう。

スタジオではなおも、大音量のエレクトロポップ・ミュージックが流れているが、先ほどとは異なる楽曲に変わっている――一九六〇年代ふうの曲調に、やや鼻にかかったハスキーで伸びのある歌声が重なり、明らかに人間の女性がメインボーカルをとっていることがわかる。

その生歌に誘われるようにして、タカツキリクオはおもむろにもとの体勢に戻る。

つづいて彼は、さらに誘われるようにしてすたすた歩きだし、脇目も振らずBスタジオのほうへとどんどん近づいてゆく。

Bスタジオとの境目のところまでくると、タカツキリクオは近辺にいる番組スタッフの顔の向きや動向に注意しつつ、壁に沿って設けられた吹き抜け階段をそっとあがってゆく。

そして彼は、Bスタジオを一望できる場所にたどり着くと、壁際の柱の出っ張りに隠れて階下の音楽番組収録中の模様を眺めはじめる。

毎週末の深夜に放送されるその音楽番組は、ゲストのアーティストが短いトークと数曲のライブ・パフォーマンスを披露する内容になっていて、この日はエクストラ・ディメンションズ登場の回を収録している。

ステージ上では今、エクストラ・ディメンションズのメンバー三人が中央で横一列に並んでパフォーマンスをくりひろげている。

濃紺の背景に大小の星模様とイルミネーションがあしらわれたセットにかこまれて、タイトなシルバーの衣裳をきらめかせながら三人は唄い踊り、数百人の観客の注目を一斉に浴びている。

上手の立ち位置には半透明な筒状のスクリーンが吊り下げられていて、そこにボーカロイドキャラクター・メンバーのミラの3DCGが投映されている——その映像は、アニメーションにしか描き得ないきらびやかなエフェクトなどにも彩られているが、キャラクターの動き自体はモーションキャプチャー技術の利用による、人間《モーションアクター》のアクションを絶妙に再現したものになっている。

また、下手の立ち位置にはヒューマノイドロボット・メンバーのミアがいる——あらかじめプログラムされた通りに作動しているだけとはいえ、人間のものと見分けがつかない信じがたいほどなめらかな動作を展開し、微妙な表情の移り変わりも的確に表現している。

そしてミラとミアに挟まれる格好で、センターの立ち位置にはヒューマン・メンバーのミカがいる——メインボーカルを務めている彼女は、唯一生身の人間として、額に汗を浮かべたり口から唾を飛ばすなどしてパフォーマンスしているが、歌唱と踊りに大変な安定感があり、とりわけ歌声に個性がある。

全員がショートボブの髪型にしている三人は、背丈もおなじくらいで見た目に統一感を持たせているが、それ以上にダンスの身振り手振りに鮮やかなまとまりと正確性がある。

そのためか、マテリアルやスタイルが三者三様でもそれらがぶつかり合うことはない——生物と無生物の垣根を越えたコラボレーションが、だれの目にもごく自然なものに映ってしまうほどに、彼女たちの連携にはいっさいの淀みがない。

来るべき共生社会のビジョンとレトロフューチャーな世界観の融合をうかがわせる斬新な歌謡パフォーマンスを、エクストラ・ディメンションズの三人はその場で見事に成功させているかに見える。

しかし、それにもかかわらず観客の反応はぱっとせず、スタジオ内には明白な温度差が生まれてしまっている。

「ニナイ聞こえるか？　ニナイ？」

スタジオ内の光景に強く惹きつけられた様子のタカツキが、骨伝導イヤフォンマイクを介してニナイケントに話しかける。

ニナイケントは、口もとを手で覆ったようなくぐもった小声で応答する。

「なんですか？　さっきからずっと聞こえてますよ」

「これはいったいなんだ？」

「これ？　タカツキさん今、ステージ観てるんですか？」

「ああ、階段の上で隠れながら観てる」

「これはね、カバー曲ですよ。ダスティ・スプリングフィールドの“Stay A While”」

「そうか、カバー曲か」

「そうです。大昔の歌のね」

「それにしても、凄い歌声だな」

「まあね。ソロの生歌だから、遠慮なく唄っちゃってますね」

「なるほど。ちょっと圧倒されるな」

「タカツキさん、Qが唄うとこ観たことなかったんですか？」

「まともに観るのはこれがはじめてだ」

「職務怠慢だな」

「そうかもな。これを観ちゃうと、そう言われても仕方がない気がしてくる」

「この曲、先週別の生番組でも唄ってたんですけど、案の定ネットじゃ評判最悪でしたね。ミカのソロボーカルってだけでもボロクソなのに、こんな具合に歌がずば抜けてるから、そういうところもいちいち人間くさいって、拒否反応起こさせちゃってるみたいです。声が生々しくてどうしてもバランスが悪くなるから、ミカはやっぱりEDには不要だっていうんですね。そのことをあらためて周知させたってだけの意義しかない歌だから、CD化する必要もないと。コアなファンのあいだじゃすでにゴミ曲扱いですよ」

「その現実を実際に目の当たりにすると、理解はしてても異様なものを感じてしまうな」

「異様？　どこが？」

「スタジオをここから見下ろすと、客がしらけきってるのがひと目でわかるんだ。あのパフォーマンスにこのしらけっぷりでは、観客側の画は使い物にならないだろうな。なにごとかと思うくらい、途方もない断絶感があるし、殺気じみたものすら伝わってくるよ」

「でも、ファンの連中にしてみれば、そうなるのが端からわかりきってるのに、運営の人間は相変わらず空気を読まずに、だれも望まないミカのソロ曲なんかわざわざ入れやがってってことになる。だからますます、ごり押しだのなんだのと邪推されて、反感買っちゃうわけです」

「しかしこの歌を聴けば、そういう反感や悪印象も吹っ飛ぶんじゃないかと思ったが」

「甘すぎますね、そんな発想は」

「そうかな」

「ええそうです。愛と平和とか言ってた時代の古くさい考え方ですよ。今じゃまったく通用しない」

ミラやミアと動きをぴたりと合わせ、自分自身もまた一種の複製品であるかのごとく振る舞いながらも、歌声によって自らの固有性を主張する、ヒューマン・メンバーのミカ。

その歌声には、目には見えない形があり、彼女自身の心とダイレクトにつながっているのかと錯覚させるものさえある。

そんなミカの歌声に、深く説得されたかのようにタカツキリクオは一箇所に立ち尽くし、ステージ上の彼女に情のこもったまなざしを送っている。

Treat me right, must you run now?
For the night's just begun now, oh
Honey please, won't you stay awhile with me?
Oh yeah, yeah
Stay awhile with me

二曲目を唄いきり、エクストラ・ディメンションズのメンバーたちは観客に向かってそろってお辞儀する。

それに対する観客の声援は、ミラとミアのどちらかにしか送られず、最も存在感を放っていたはずのミカはせいぜいコーラスガール程度にしか見なされていない。

収録は三曲目のパフォーマンスへと移りつつあり、エクストラ・ディメンションズのフォーメーションが変わって今度はミアがセンターに立つ――すると観客から大歓声が湧きあがり、「ウィッチーズ・ア・ゴーゴー」という新曲のタイトルが司会者によって告げられる。

それを見届けたタカツキは、スタジオ内がざわついている隙にと考えたのか、駆け足で吹き抜け階段をおりてゆく。

そして彼はそのまま大道具倉庫を通りぬけ、ヒガシジマサルとハイバカズヤのいるＡＢスタジオホールへと向かう。

7

二〇一〇年四月二九日木曜日、午前八時三〇分――多摩川の支流沿いに建つ賃貸マンション、六階西向きの角部屋。

カーテンの向こう側は明るい。

ダイニングルームで、Tシャツとパンツしか身につけていないタカツキリクオがテレビを見ている。

テレビにはワイドショー番組が映し出されていて、次の芸能特集コーナーでエクストラ・ディメンションズの話題を取りあげることが予告されている。

天気予報によると、本日の都内は曇りのち晴れ、最高気温は摂氏二三度の見込み――現在の気温は摂氏一九・四度。

ダイニングテーブルの上には、すこやかプレーンヨーグルトの五〇〇ミリリットル・パックと果汁一〇〇パーセント・オレンジジュースの一リットル・パックに加え、六〇〇グラムサイズのハチミツの瓶が載っている――タカツキリクオは、そこからヨーグルトとハチミツを手にとってガラスボウルに適量を盛る。

時刻が午前八時三五分をまわり、ワイドショー番組は芸能特集コーナーを開始する——この日の芸能特集コーナーはほぼ、エクストラ・ディメンションズの最新ニュースに充てられる。

そこではまず、ミリオンセラーを記録したデビュー曲「ウイズキッド・ア・ゴーゴー」のビデオクリップが、YouTubeでの再生回数一億回突破を達成したことが大々的に取り沙汰される——これにより、エクストラ・ディメンションズが国内のみならず世界中の音楽ファンの関心事となっていることも裏付けられたとして、コーナー担当のアナウンサーが大いに煽り立てている。

番組はそれにつづき、デビューから四ヵ月と二〇日間にわたる、今日までのエクストラ・ディメンションズの活動をざっと振りかえり、デビュー第二弾シングル「ウィッチーズ・ア・ゴーゴー」も初動セールスでミリオンセラーに達していたことをアナウンサーが伝える。

さらに、「ウイズキッド・ア・ゴーゴー」「ウィッチーズ・ア・ゴーゴー」の二作と合わせてゴーゴー三部作のラスト曲に位置づけられる、二週間後に発売予定のデビュー第三弾シングル「ウイスパー・ア・ゴーゴー」のビデオクリップが公開されたとして、その映像の一部が紹介される——デビュー曲はミラ、二曲目はミアがセンターだったが、新曲のメインボーカルはヒューマン・メンバーのミカが務めていることが、当の映像から見てとれる。果たして三曲連続のミリオンセラー達成なるかと、アナウンサーはここでも煽りに煽る。

そしておしまいに、この日からはじまるエクストラ・ディメンションズ初の全国ツアーにもアナウンサーは触れ、初日の公演会場である横浜アリーナの様子を番組は生中継する――その中継カメラは、早くも会場の周辺に集まっているファンの姿をとらえており、レポーターがインタビューを試みている。

●

午後一時三分――目黒川大橋に程近い大学病院の一般病棟。

中央病棟五階の四人部屋、窓際のベッドにサワザキコウタが横たわっている。

半分ほど窓が開いていて、白いカーテンが揺らめいている。

またそよ風や暖かな陽射しとともに、病院と敷地が隣接している高校の所属クラブと思しき吹奏楽団の演奏が、適度な音量で病室に流れ込んできている――その吹奏楽団はくりかえし、アース・ウィンド・アンド・ファイアーの“Fantasy”のみを練習している。

サワザキコウタは、顔をひどく腫らしていて皮膚が紫や黄色に変色してしまっている。全身のあちこちを包帯で覆われている彼は、左手と左足にはギプスを装着し、胸部にはバストバンドを巻いていて、頭にはネットをかぶっている。

見舞いに訪れたタカツキリクオが、テーラードジャケットのポケットから取りだしたスマートフォンの電源アダプターをベッド脇のチェストの上に置く。

「ほかにも必要なものがあったら、いつでも連絡してくれ」

「すんません」

「しかし派手にやられたな」

「全然大したことないすよ」

サワザキコウタはタカツキに笑いかけたつもりのようだが、腫れのせいで表情の変化はまるでわからない。

「カキオカからは連絡あったか？」

「それが昨夜、面会に来てくれたんすよ」

「嘘だろ？　カキオカが？」

「ほんとなんすよ。びっくりでしょ？」

「あいつ意外とそういうとこあるんだな」

「そうみたい。入院費とかも全額持ってくれるって。労災認定ですよ」

「そうか。それなら、こっちからあいつに言うことはなにもないわけだ」

「不幸中の幸いってやつですね。マジで助かりましたよ。健康保険とか入ってねえし」

「まあ、労災ってのは事実だからな」

「そうなんすけどね。でもなんか、おれだけ有給もらったみたいで申し訳ないって気も」

「おまえは有能だし、だれよりも働いてるからな。本当に有給もらってても文句言うやつはひとりもいないよ」

サワザキコウタは慎重に体をひねってチェストへ右手を伸ばし、なにかをつかみとろうとする——しかし金縛りにでも遭ったかのごとく、途中で固まってしまい、なかなか思い通りには動けずにいる。

その行為のみから、サワザキコウタは喉が渇いたのだと察したらしく、タカツキリクオはとっさに水差しを持って水を飲ませてやる。

するとサワザキは、ほんの少量ずつの水をゆっくりと口に含み、そのたびにしかめっ面をして「うはあ」と呻き声を漏らす。

ちょうどそのとき、反対側の窓際のベッドに腰かけて窓外を眺めている白人男性患者が、気持ちよさげに鼻歌を唄っているのが聞こえてくる——外から流れ込む吹奏楽団の演奏に合わせて、"Fantasy"を奏でていることが徐々にわかってくる。

「それで、どこで拉致られたって?」

「世田谷公園と自衛隊中央病院のあいだの道です」

「どんなやつらかおぼえてるか?」

「ちゃんとはわかんないですね」

タカツキリクオは小刻みに頷いて、窓のほうへ視線をそらす——重傷を負ったサワザキを気づかい、それ以上の質問をためらっているふうにも見える。

「ちゃんとはわかんないんすけど……」

サワザキ自身がやりとりをつづけたがっていると知り、タカツキリクオは視線を戻す。

「なんか心当たりでもあるのか?」

「いやじつはね、最初はおれ、あれだと思ったんですよ。冬に桜丘町の道端で、アカザワが半殺しにされそうになったことあったじゃないすか。一月の、たしかあいつらがうちのチームに入ったばっかかの頃ですよ」

「ああ、おぼえてる。事務所の前で二台で張って、出待ちしてたときだな」

「そうそう」

「あの連中に拉致られたって思うのか?」

「最初はそう思ったんすよ。一昨日の夜はね。いきなり車にひっぱり込まれたときは、頭にゴミ袋かぶせられたからなにがなんだかわからなかったんすけど、四、五人くらいいる気配があったんですよ。その感じがね、桜丘町で揉めたときとなんか似てて。おまけにえらく手際いいし、これってあんときの連中くさいなって真っ先に思って、ヤベえ殺されっかもって超あせりましたね。あんときおれ、ヤマシタと一緒にアカザワに加勢したじゃないすか。だからこれめちゃくちゃ可能性あるなと。そしたら、案外すぐに車からおろされて」

「どこにつれてかれたって?」

「結局そこも公園だったんすよ。しかも世田谷公園のすんげえ近く。でも人がさっぱり通らないとこで、割と広くて死角だらけだから、もうやられ放題でこのざまですよ」

「殴る蹴るだけじゃないな」

「金属バットですね。キンキン音鳴らしてましたから。おれはもうとにかく頭やられないようにしなきゃって思って、息苦しいからゴミ袋は脱いで、体まるめてカメ状態で耐えてたんすけど、どんくらいやられてたのかは正直わかんないな。一時間くらいやられてた気がしてんですけど、実際は二、三分てとこだったのかもしれなくて」

「記憶がおぼろげなのか？」

「それがちがうんですよ。逆にいろんなこと結構はっきりおぼえてて、でも時間の感覚とかが狂ってる感じで。細かいとこが鮮明すぎて全体がぼやっとしてるっつうか……」

「言いたいことはわかるよ」

「なんか変な感じなんすよね。頭には食らってないはずなんだけど。とりあえず端末無事だったのは救いだな。ケツに入れてたのに、奇跡的ですよ」

笑っているつもりらしく、サワザキコウタは頭部を微かにゆらゆらさせている。

「それでそいつらは、桜丘町で揉めた連中じゃなさそうなのか？」

サワザキコウタは少しだけ顎を引いて頷いてみせる。

「あいつら、やるだけやったらそれきり、おれのことはほったらかしていなくなったんですけどね、車に戻ってくときに、顔とか服装ちらっと見えたんですよ。ボコられてるあいだはカメだったから、見えたのはそのときだけなんですけど、まったくちがうやつらだったんすよ。桜丘町で揉めた連中とは。見た感じが」

「そうか。てことはむしろ、心当たりがなくなったってことか」

「ところがそうでもないんです」

「どういうことだ？」

「桜丘町で揉めた連中とはちがってたんですが、でもなんか、見覚えある気がしたんです」

「それって、おまえが別件で揉めたやつらってことか？」

「あれですよ、前にふたりで拉致ったじゃないすか。ユイが住んでたマンションにカメラ仕掛けてたやつら」

「ああ、あいつらか。キャップかぶってパーカー着てたふたり組か」

「そうそいつら。暗かったし一瞬しか見てないから、確証はないんですけど」

「要するに、おんなじ格好だったってことか？」

「正解。四人いたうちのふたりが、ツインズのオルタネイト・キャップかぶってたんすよ」

「なるほど。なら可能性高いな」

しばらく鼻歌をやめていた、反対側のベッドの白人男性患者が、ふたたび吹奏楽団の演奏にいざなわれて小声で唄い、今度は“Fantasy”の歌詞を口ずさみはじめる。

「でも妙なんですよ。おれがあそこにいるの、なんであいつらに気づかれたのか。だいいちおれ、あのときは缶コーヒー買いにたまたま車から出ただけだからな」

「どっかで見つけられて、跡つけられてたんじゃないのか？」

「どうかな。あの場所に着く前におれらがいたのって、お台場ですよ？」

「お台場では買い出しに行かなかったのか？」

「ニナイに行かせましたから」

「ならおまえは、お台場から池尻までずっと車のなかにいたってことか？」

「そういうことです。それなのにあいつら、おれがあそこにいるって端から知ってたみたいに襲ってきましたからね。しかも夜中に、おれがだれなのかよくたしかめもせずに狙い撃ちですよ？」

「それは変だな」

タカツキリクオは腕を組み、視線をさまよわせる。

そのタカツキを、サワザキコウタはじっと見つめている。

会話が途絶えたことにより、白人男性患者の小さな歌声がはっきりと聴き取れるようになる。

Every thought is a dream
Rushing by in a stream
Bringing life to your kingdom of doing
Take a ride in the sky

On our ship fantasii
All your dreams will come true miles away
Our voices will ring together
Until the twelfth of never
We all will live love forever as one

サワザキコウタと目を合わせて、タカツキリクオがこう訊ねる。

「ところでおまえ、ニナイをどう思う？」

「どう思うか……最近はまあ、かなり使えるようにはなったかなと」

「誕生日がどうのとか、なにかおかしな話は聞いてないか？」

「おかしな話？」

「ダイアナ妃とか交通事故死とか、引き寄せの法則とか、そういうのが出てくる話だ」

「さあ、聞いたおぼえはないですね。そもそもあいつ、あんまりしゃべんないんすよ。おれと張り込んでるときは、あいつしいっつも本ばっか読んでますから」

「そうか。本読んでるのか」

またもや視線をさまよわせて、タカツキリクオは自身の記憶を探るような顔つきになる。

「そうだ、交通事故っていえば、あいついっつも、おんなじ本ばっか読んでるんですよ」

タカツキリクオはサワザキコウタに横目を向け、つづきの言葉を待っている。

「おまえそれなんの本だって訊いたら、交通事故に欲情する男の話だと。題名が『クラッシュ』ですからね。縁起悪いから別の読めって言っときました」

8

二〇一〇年四月二九日木曜日、午後七時一〇分——横浜アリーナの真裏に位置する、新横浜北駐車場。

モニタリングチームの黒いSUVが、出入り口の最も近くにある中央ゾーンの車室に停まっている。

運転席にはヤマシタサトエ、助手席にはアオヤギケイコ、セカンドシートにはニシタニショウイチが乗っている。

ニシタニショウイチは広帯域受信機を操作し、コンサート出演中のミカが使用しているワイヤレスマイクの音声を傍受して録音する作業に従事している——ミカの歌声や話し声はもちろん、彼女のワイヤレスマイクが拾うあらゆる音が筒抜けになっている。

駐車場は満車の状態になっていて、四五台駐車しているうちの七台の車内に人の姿がある——そのいずれの者たちも、ニシタニショウイチとおなじ方法でコンサート会場内の音声を盗み聞きしている。彼らワッチャーたちのあいだには、相互不干渉の不文律でもあるのか、互いを気にかける様子はいっさいない。

運転席の窓をノックする音が鳴り、ヤマシタサトエとアオヤギケイコが外を見やると、張り車の横にタカツキリクオが立っている。

ヤマシタサトエが素早く車外に出てきてタカツキに訊く。

「今日って休みじゃなかったでしたっけ？」

「そのはずだったが、ニナイがいなくなっちまったんだろ？」

うんうん頷きながらヤマシタは答える。

「どうせいつもの単独行動だから、そのうちひょっこり戻ってくるんでしょうけどね。あいつのペナルティーってちゃんとついてるんですかね」

「まあどっちにしても、今日は仕事が多いからな。行方知れずのあいつを当てにはできないだろ」

「ああでも、二台で張ってるし、人手は足りてますよ。むしろ集まりすぎかもってくらいメンバーそろっちゃってますし。もともと今日は、みんな出られるからって、タカツキさん休むことにしたんじゃないですか」

「それはそうなんだが、サワザキがあんなことになっちまったしな」

苦々しげに口を真一文字に結び、ヤマシタサトエは瞼を閉じる。

それを目にしてヤマシタを励ますように、タカツキリクオはこう言い添える。

「つっても、本人は元気にしてたけどな。入院費もカキオカに持ってもらえるって喜んでたし、あれなら心配はいらない」

ヤマシタサトエはいくらかほっとした面持ちで、

「お見舞い行ってきたんですか?」

「昼にな。端末の電源アダプター持ってってやったんだ。ぴんぴんしてるとまでは言えないが、普通に話したりする分にはなんの支障もないみたいだったな」

「自分も明日の昼に行ってみます」

「明日は平日だから、面会は三時からだとさ。間違うなよ」

「あ、そうか、明日って金曜日ですね。危なかったな」

「あいつが拉致られたときって、あっという間だったんだって?」

「はい。車からちょっと出てったら、待ち伏せでもされてたみたいに」

「待ち伏せか」

「そんとき自分、後ろの席にいたんですけど、いきなりどっかで急発進する音が聞こえたと思ったら、結構飛ばして通りすぎてった車があって。それでなんだろうって気になって窓開けて、ふっと自販機があるほうも見てみたら、ザキさんいなくなってて」

「ニナイはどこにいたんだ?」

「運転席です。でももたもたしてて、追っかけるの間に合わなくて」

「なるほどな」

そのとき出し抜けに助手席のドアが開き、シートに座っているアオヤギケイコがふたりに切迫した声をかける。

「大変！　向こうで兄弟がパクられちゃったって」

タカツキリクオとヤマシタサトエは驚いて絶句している。

セカンドシートにいるニシタニショウイチも、憂い顔できょろきょろ周囲を見まわしている
――受け持った職務を続行すべきか迷っているらしく、しばし両手をまごまご動かすと、急いでジャージの上着を脱ぎ、座席に転がっている複数の受信機の上にかぶせて人目から隠れるようにする。

「行こう。場所はどこだ？」

「こっちです」

ヤマシタサトエに誘導されて、タカツキリクオは足早に駐車場を出てゆく。

●

午後七時二二分――横浜アリーナの北西に面した、片側一車線の道を挟んで真向かいに位置する屋内コインパーキング。
九つあるうちの、出入り口に最も近い1番の車室に、モニタリングチームのもう一台の張り車が停まっている――そのスペースからは、横浜アリーナの関係者駐車場と駐車場側搬出入口の状況を随時確認することができる。

張り車の傍らでは、キタザトリュウとミズタケイイチが立ち話している。

そこへタカツキリクオとヤマシタサトエがやってきて、ハイバ兄弟が逮捕されたというのはどこでなのかとふたりに問う。

「あっちあっち。ポリ車来てっからすぐわかる」

そう言って、ミズタケイイチが横浜アリーナの正面出入り口のほうを指差す。

早速に、タカツキリクオとヤマシタサトエがそちらに駆けてゆくと、横浜アリーナの施設一階西側で営業しているコンビニエンスストアの周辺に人だかりができている——そしてその正面に面した石畳の道には、神奈川県警のパトカー二台が縦列駐車している。

人だかりのなかに、ナンゴウタクマとヒガシジマママサルの姿を見つけたタカツキは、ヤマシタサトエとともに人垣を掻き分けてふたりのそばへ向かう。

「あれタカツキ、おまえ今日休みだろ」

軽い驚きの色を浮かべているナンゴウタクマに、タカツキリクオは声を低めて訊く。

「そんなことより、兄弟は？」

ナンゴウタクマが顎で指し示した方向へタカツキが目をやると、今まさに、ハイバ兄弟の引き渡しがおこなわれつつある場面に視線がぶつかる。

コンビニエンスストアの店先から数メートルのところにある、筒状の立て看板のあたりで、六名ほどの施設警備員にかこまれたハイバ兄弟が警察の手に渡される——そして彼らはふた手に分けられて、別々のパトカーの後部座席に乗せられようとしている。

ハイバシンヤとカズヤはふたりとも、モニタリングチームの面々に気がついた様子だが、仲間の存在などはおくびにも出さずに、悪態をつきまくってパトカーに乗せられてしまう。

「なにがあったんですか？」

質問に答えるより先に、ナンゴウタクマは黙って皆にアイコンタクトを送る。

するとモニタリングチームの一同は人だかりから離れ、屋内コインパーキングの張り車のもとへと戻る。

あらためてタカツキが訊ねる。

「なにがあったんですか？」

「いや、なんてことはないんだ。兄弟ふたりでな、GPS発信機の取り換えに行ったんだよ。事務所車につけてるやつのな。充電切れてたから、一昨日くらいからタイミングはかってたろ。で、公演中にやっちまおうって決めてたから、適当な時間にふたりして関係者駐車場に入ってってたわけ。おれらはここで待っててな。そうしたら数分もしねえうちに、なんか警備員が走ってるのが見えて、あれって思っておれとヒガシがこっから出てったら、兄弟が逃げまわってててこりゃヤベえってことになってな。それで結局、ふたりとも捕まっちまって、まあ、あのざまだよ」

「それにしても、早すぎじゃないですか警察」

ヒガシジマサルがそう指摘すると、ナンゴウタクマは首を横に振る。

「ありゃどうせ、このへん流してたんだろ。たまたまだろうな」

「巡回ってこと？　そうかな。でもパトカー来たの、警備員が兄弟捕まえたのと同時くらいでしたよ。通報もまだなんじゃないかっていうときでしたからね。このへん流してたんだとしても、なんかもう嗅ぎつけてたんじゃないかって気がしてしまうな」

ナンゴウタクマが「そんなわけない」とふたたび首を横に振ると、ヒガシジマサルは「だって二台ともですよ」となおも反駁を加える。

そんなふたりのやりとりに、タカツキリクオが鋭い目つきで割り込んできてこう問いかける。

「ところで、ニナイがいなくなったのっていつですか？」

訊かれたナンゴウタクマが不意を衝《つ》かれたみたいになり、思い出せずに首をかしげていると、タカツキの隣にいるヤマシタサトエが代わりに答える。

「開場した頃です」

「てことは、五時くらいか」

「そうですね」

「ここの張り込みは昼からだよな。張り車は二台とも、ずっとおなじ場所か？」

「はい。動かしてません」

タカツキリクオは腕を組み、口もとに手を当ててなにやら考え込む。

そのとき唐突に、キタザトリュウが素っ頓狂な声をあげて新たな不審点を皆に知らせる。

「ありゃ、アカザワくんもどっか消えちゃったねえ。どこ行っちゃったんだろ」

その場にいる全員が周りを見まわすが、アカザワマモルの姿はどこにもない。

「彼、無線もつけてないもんな」

そう言いながら、ヒガシジママサルは通りの様子をうかがっている。

「あんのバカ野郎、勝手にどこ行きやがった」

そうつぶやき、ナンゴウタクマはいらだたしげに天を仰いでいる。

メンバーは皆一様におちつきを失っている――パーキング内をうろついたり、アカザワマモルと連絡をとろうとして、スマートフォンに視線を注いでいる者もいる。

タカツキリクオはせっぱつまった面持ちで、ナンゴウタクマにこう訴える。

「今日は中止にしましょう。なにかおかしい。ここで打ち切って、撤収しましょう」

ナンゴウタクマは首を横に振る。

「バカ言うなよ。ここでやめたらペナルティーいくつつくと思ってんだよ」

「そんなこと言ってる場合じゃないですよ。中止にしましょう」

「冗談だろ。遊びにきてんじゃねえんだぞ。ただ働きなんかできるかよ」

「どのみち兄弟がパクられちまったんだから、このまま業務つづけるのは危険だ。下手したらおれたちこれっきりですよ。契約の上でも、ここでカキオカに手を切られても文句は言えない。だからいったん退いて、対策考えないと。さあ、中止にしましょう。なんならおれからみんなに言いますよ」

「兄弟は平気だ。あいつらは絶対に唄わねえし、マニュアルも頭に入ってる。あいつらがマニュアル通りの対応さえすれば、おれらのことは警察にバレやしねえ。そうしたらボスだって弁護士つけてくれるし、問題はねえよ。万事うまくかたづく。そのへんのことは、おれはボスと何度も話し合ってるんだ」

「もちろん兄弟は信用できる。あいつらは絶対に唄わないっておれだって思ってますよ。でもおれの気がかりは、そういうことじゃない」

「なんなんだよ」

「目に見えない敵にかこまれてるみたいなもんだって言ってるんです。妙なことがつづきすぎてる」

「そんなんじゃボスは納得しねえよ」

「カキオカにはすぐにおれから事情話します。ペナルティーは全部おれにつけてくれって言いますよ。それなら不満はないでしょう？　とにかく今日は撤収しましょう」

頭を搔きながらううんと唸り、ナンゴウタクマはやっと首を縦に振る。

「ペナルティー、ほんとに全部おまえにつけちまっていいんだな？」

「ええ、構いません」

「よし、それならまあ、しゃあねえかな。はあ……」

ナンゴウタクマは、両手で髪の毛を掻きむしり、屋内コインパーキングにいるメンバーを自分のそばに呼び集める。

それでもしばらく呼集の理由を言いたがらず、ぐずぐずしていたが、タカツキリクオに促され、ナンゴウタクマは最新の指示を述べるべく皆の前に立つ。

しかし彼は出端《でばな》をくじかれる――ナンゴウが話しだすより先に、ミズタケイイチがぽつりとこう漏らす。

「ねえなんで？　電話ちっとも通じねえんだけど」

全員が一斉にスマートフォンを操作し、通話確認をおこなう。

「あれほんとだ、圏外になってる」

スマートフォンの画面を見つめ、キタザトリュウがそう口にする。

ほかのメンバーの支給端末も軒並み圏外になっていて、通話不能の状態にある。

「あ、でも、自分が契約してるほうの携帯は使えますね」

ヤマシタサトエが自身の所有する、スマートフォンとは通信キャリアの異なるフィーチャーフォンを掲げてみせる。

「おれのも使えるわ」

ヒガシジママサルも自分の携帯電話を掲げ、皆に見えるように左右に振ってみせる。

するとタカツキリクオははっとなり、ナンゴウタクマにこう意見する。

「ジャミングだ」

「ジャミングだと？」

「そうです。しかもピンポイントでおれたちを狙って仕掛けてる。どう考えてもこれは、おれたち狙いの敵対行為です」

ナンゴウタクマは苦笑いしながら上半身をのけぞらせる。

「考えすぎだ。これはあれだって、公演中に客の携帯鳴らさせねえために、主催の連中がやってんだ。会場のなかの話だよ。おれたちには関係ねえ」

「ちがいますよ。明らかにおれたちを狙ってる。おれたちを陥れるためにやってるんですよ。これ以上なにかやられる前に、撤収しましょう。今の形勢はおれたちに不利だ」

「だからコンサートの客向けに、アリーナのなかでやってんだよ」

「ならなぜ、ヤマシタやヒガシの携帯は圏外じゃないんですか？　公演用の措置なら全部のキャリアを使えなくするはずだ」

ナンゴウタクマは口にしかけた言葉を呑み込み、なにも言いかえせなくなる——数秒の思案ののち、彼はタカツキにこう問いかける。

「しかしなんだってそんなことするんだ？」

「さあ。警察と連絡とらせないようにする気なのかも。それにボスの指示も仰げない。というかおれたちだって、知らぬ間にはぐれて一キロとか遠ざかっちまったら無線も届かない。だとすれば、敵はこれからおれたちをひとりひとり引き離して、なにか仕掛けてくるつもりなのかもしれない」

視線を斜めにあげ、ナンゴウタクマは不服そうに自分の顎をさすっている。

「一昨日の夜にサワザキが拉致されて、さっきは兄弟がパクられた。ニナイとアカザワは行方がわからない。おそらくこれはすべてつながってる。おれたちを分断して、じわじわ追いつめて、壊滅に追い込もうとしてるのかもしれない。そのくらいの覚悟はしといたほうがいいですよ」

●

午後八時二二分——多摩川大橋の手前の路上。
国道1号——通称第二京浜国道の上り線。
左手に御幸公園の工事用車両出入り口がある、ガードレールが途切れたところの路肩に、黒いSUVが停まっている。上り線の交通量は非常に少なく、歩道もほとんど人通りが見られない。
SUVのセカンドシートでは、録音した傍受音声の確認をニシタニショウイチがおこなっている。またその隣では、アオヤギケイコがスマートフォンを手にしつつも窓から顔を出し、車外にいるタカツキリクオとヤマシタサトエの様子をうかがっている。

タカツキとヤマシタは張り車の後ろに立ち、ヒッチハイクでもするみたいに横浜方面を見やってなにかを待ち受けている——ともにスマートフォンを耳に当てていて、ヤマシタサトエは通話ができているが、タカツキリクオのほうは今のところ呼び出し音しか聞き取れていない。

「なんですか？　はあ？　引きかえした？　引きかえしたってどうして？　どこにですか？　ええ？　なぜ？　アカザワ？　アカザワがどうしたんですか？　なにが見つかったって？　それで……」

会話の途中で通話が切れてしまい、ヤマシタサトエは首を横に振りながらタカツキリクオのもとへ歩み寄ってゆく。

「アリーナに戻ったみたいです」

「なぜだ？」

「アカザワからメールがきたんだそうです。まだアリーナにいるって」

「だれの電話にかけた？」

「ヒガシさんです」

「アカザワ拾いに戻ったって言ってたのか？　あいつ拾ったらこっちにUターンするってことか？」

「それが、なんだかそうでもない感じで」

「どういうことだ?」

「業務再開だと」

「は?」

「公演も終わったしタイミングいいから、出待ちするって」

タカツキリクオは舌打ちして、ただちにヒガシジママサルに電話をかける。

するとヒガシジマは、スリーコールで着信に応ずる。

タカツキリクオは透かさず、ナンゴウタクマに代われとヒガシジママサルに要求する。

「業務再開ってどういうことですか?」

電話に出た途端、タカツキに問いただされたのが癪に障ったのか、いかにも面倒くさそうな声色でナンゴウは答える。

「アカザワがな、隙見計らって事務所車にGPSくっつけといてくれたわけ。兄弟が下手打って騒ぎになっちまったとき、あいつコンビニの前にいたんだと。そこにカズヤが逃げてきて、これ頼んだっつって発信機を放り渡されたんで、アカザワはそのまま買い物のふりしてコンビニんなかに入ってってったんだよ。んでそれから、ほとぼり冷めるまでずっとトイレに隠れてたっつうんだわ。静かになってから外出てきて、預かったGPSを事務所車にくっつけて駐車場戻ったら、チーム全員いなくなってて泡食ったたって話だ」

タカツキリクオは片手で眉間をつまみながら言う。

「おれたちは戻りませんよ」

「ああいいよ、おれらだけでやるから。明日の夜はおまえらが本隊な。今晩中に新しい予定表キタザトにつくらせて、メールで送っとく。ニシタニらにもそう伝えとけ。今日は早く帰って全国ツアーの支度でもしとけってな」

「ナンゴウさん」

「なんだ」

「考え直す気はないですか？」

「あのなタカツキ、こっちにはなんの問題もないんだよ。一〇〇パーセント安全だ。危険なんぞは毛ほども転がっちゃいない。電話回線だってこうして回復してる。やっぱり公演中の措置だったわけだ。それより、ツアー初日をやり遂げてご満悦のQを追っかけねえで、モニター落としちまう損害のほうが遥かにデカい痛手になる。というわけでな、おれらはおまえの被害妄想にはつきあってらんないの。だからもうこの議論はなしだ」

「わかりました。ならなるべく目立たないようにして、せいぜい気をつけてください」

「ああ。おまえも明日の定例報告で、ボスに余計なことしゃべんじゃねえぞ」

電話を切り、タカツキリクオは深々と溜め息をついてうなだれてしまう。

その傍らでは、ヤマシタサトエが両手を首の後ろにまわして顔をしかめている。

第二京浜国道上り線は相変わらず交通量が少なく、歩道の人通りもわずかだが、下り線の車道はゴールデンウイークの一日目ゆえか割合に混雑している——そんななか、ときおり数台のオートバイの集団が、空いている上り線をわが物顔に走り去ってゆく。

着信の振動を感じたらしく、ヤマシタサトエはふたたびスマートフォンを耳に当てる。

すっかり脱力気味のタカツキは、電話相手の話し声を聞き取りにくそうにしているヤマシタを、ただ黙って傍観している。

しばらくすると、アオヤギケイコとニシタニショウイチが車からおりてきて、あわてた様子でタカツキリクオに声をかける。

「ちょっとこれ見てタカツキさん。ヤバいよこれ。うちらのこと逐一実況されてる」

アオヤギケイコが差しだしたスマートフォンの画面には、スレッドフロート型を採用している電子掲示板に立てられた、ひとつのスレッドが表示されている。

そのスレッドには、「**【最終章】observer29と愉快な仲間たちをモニターするスレッドpart130【殲滅篇】**」という名が付され、カキオカサトシが雇ったモニタリングチームの動向が複数人の匿名投稿者によって実況中継のごとく詳しくレポートされている。

スレッド上に記されているのはそればかりではない。当のスレッドに入り浸っている匿名投稿者のほぼ全員が、「observer29《カキオカサトシ》」とその「下請け一味《モニタリングチーム》」を徹底して敵視していることが、書き込みのやりとりからはっきりと読みとれる。

そこに寄せられているのは憎悪に満ちた罵詈雑言に留まらない。モニタリングチームのメンバーに対する、活動の妨害や物理的な攻撃を仕向ける書き込みも大量に投稿されている。妨害や攻撃の内容はどれも具体的で現実味があり、その実行役に名乗りをあげた匿名投稿者たちの前線部隊が存在することも、スレッド住人の大半が承知している——目下活動中にある前線部隊の者たちが、スレッド上でリアルタイムの経過報告をおこない、皆で情報を共有し合っている。

そしてどうやら、ハイバ兄弟の逮捕は当の前線部隊による妨害工作の結果であることが、スレッドへの書き込みから判明する——それも含めた一連の妨害工作と物理攻撃を、「**廃棄物最終処分作戦**」と匿名投稿者たちは呼び、エクストラ・ディメンションズの全国ツアーが終わるまでにこの戦いに完全決着をつけると意気込んでいる。

スレッドを目で追いながら、タカツキリクオが早口でふたりに話しかける。

「アオヤギ、ナンゴウたちと至急連絡とれ」

タカツキからスマートフォンを手渡され、アオヤギケイコは電話をかける。

「これは専門板じゃないな。どうやって見つけた？」

ニシタニショウイチがおもむろに、片手に持った広帯域受信機を掲げてこう答える。

「アリーナのワッチしてたとき、そいつらの無線も拾ってたんだ。なんだこれって気になって、それもいちおう録音しといたんだけど、いろいろあったから忘れてさ。で、今夜は業務中止って決まったとき、そういや変な無線あったなって思い出して、さっき車んなかで録音したとこチェックしてみたら、どう考えてもうちらの妨害画策してるやつらの交信で、こいつらのせいでシンヤとカズヤがパクられたのかって気づいてアタマ来てさ。それでなんか、スレに定時レポ入れといただの、電凸済みだのネットスラングばっか使ってて、ニクがー、とか、ニクのー、とかサトシのハンドル略してしゃべってたからぴんと来たわけ。で、あっちこっちの掲示板で検索かけまくってみたら、それが出てきた」

「ニクってのはなんだ？」

「observer29の、29《ニク》ってこと。要するにこいつら、ネットでサトシに煽られて言い負かされたり、モニター競争に負けたもんの集まりだよ。敗者連合ってとこだな。それはそうと、ナンゴウ班はどうしたの？」

「アリーナに戻った。業務再開するって言ってる」

「あらら。なんも知らずに、最前線の真っただ中にいるわけだ。だったらさ、どうするにしても急いだほうがいいんじゃないの？」

タカツキリクオはアオヤギケイコに「どうだ？」と問いかけるが、電話はつながらない。

端末を引きとると、タカツキは次の頼りとしてヤマシタサトエにまなざしを向ける。

ひとり離れた場所にいて、依然スマートフォンを耳に当てているヤマシタは張りつめた表情になっている——タカツキリクオが見ていることに気がつくと、空いている手で彼女は手招きする。

ヤマシタサトエはナンゴウ班のだれかと電話がつながっていることをジェスチャーで示す——そして自らのスマートフォンを差しだして、タカツキリクオにこう伝える。

「アカザワです。回線切れまくるわぎゃあぎゃあわめくわで、正確なところはわかんないんですけど、あっちでなんかあったみたいです」

タカツキリクオが電話に出ると、ヤマシタサトエの言う通り、アカザワマモルがぎゃあぎゃあわめき散らしている。

まずはおちついて声量を抑えるようタカツキが促すと、アカザワマモルは取り乱した声音でこう訴えてくる。

「タカツキさん、何分でこっちに来れます？　マジでぶっ殺されそうなんで、速攻で来れないすか？　これ冗談じゃないんすよ。ほんと超瀬戸際っす。おれ今マンションの駐輪場に隠れてんすけど、怖くて外出れねえっす。なんかもう本気の鬼ごっこみてえになってて、マジであと何分持つかって感じなんで……」

「アカザワ、おまえ今ひとりか？　ナンゴウとかヒガシはなにしてる？」

「おれひとりっす。みんなちりぢりに逃げてるんで、ちょっとわかんねえや」

「追ってきてるのはどんなやつらだ？」

「ちらっとしか見てねえんで、あれなんすけど、昔の知り合いっすね。アングラ・ブローカーなんすけど、そいつらがなんか謎の仲間何人も引きつれてて。しかしあいつらなんで新横浜とかいんのかな。絶対いるわけねえのに」

「一月にも、桜丘町で張ってるときに襲ってきたやつらか？」

「そうそう、そいつらっす。連中、おれのせいで大損こいたこと、未だに根に持ってやがるみたいで。つうか、なんでこんなとこで見つかったのか全然わかんねえ」

「そいつらは本当に全員グルか？」

「つうか、ちら見しただけなんで、グルかどうかは微妙なんすけど、追ってくるやつらがとにかくやたら人数多くて」

「ナンゴウたちも追われてるんだろ？」

「そうなんすよ。なんかさっき、ナンゴウさんとヒガシさんかこまれて揉みくちゃにされてて。そっからみんな逃げまわってるんすけど、なにがどうなってんだか……」

そのとき、タカツキらのそばをオートバイの集団が通りかかり、後部座席に座った連中が次々にビールの空き瓶を投げつけて走り去ってゆく。

そのうちの何本かは、ＳＵＶの車体に当たって砕け散り、一本はタカツキリクオの頭上をかすめて飛んでゆく。

「みんな大丈夫か？」

タカツキリクオは仲間の安否をたしかめるべく、周囲を見まわす。

かわしきれずに肩に一本ぶつけられたらしく、アオヤギケイコが痛みをこらえて無言でしゃがみ込んでいる。

早速にそちらに駆け寄っていったタカツキは、アオヤギケイコの顔を覗き込む。

アオヤギケイコは口端をゆがめながらも、「大丈夫」と返答する。

すると今度はニシタニショウイチが、アオヤギの背中をさするタカツキの傍らにやってきて、深刻そうな雰囲気を醸しだす――タカツキリクオの眼前に、電子掲示板の書き込みを表示させたスマートフォンを突きだし、ニシタニショウイチはこう言い立てる。

「こっちも今すぐ動かないとまずいみたい」

見ると、**「下請けの二台目発見。前線部隊は多摩川大橋へ急行せよ」**との書き込みが電子掲示板に投稿されている。

タカツキリクオは、このまま電話を切るなとアカザワマモルに指示すると、アオヤギ、ニシタニ、ヤマシタの三人に急いで車に乗るよう声をかける。

「どこに向かいます？」

運転席のヤマシタサトエが、助手席にいるタカツキリクオに訊く。

「アリーナだ。ナンゴウたちを助ける。とりあえずあのへんまわって探しだそう」

タカツキらの乗った黒いＳＵＶが発進し、第二京浜国道上り線の車道に戻る。

それからＳＵＶは、いったん多摩川大橋を渡りきると、Ｕターン可能な地点をもとめてさらに直進してゆく。

多摩川を越えて三〇〇メートルほど進むと、ＳＵＶは矢口三丁目の交差点にさしかかる。

ヤマシタサトエはＳＵＶのスピードを緩め、右折車線に入って信号待ちをする。

しかしそこで突然に、意表を突かれる事態が発生する。

後続のフルサイズ・ワンボックスカーが、左隣の直進車線を走ってきて通りすぎたと思いきや、強引に右折車線に割り込んでくる——そして横断歩道の上で停車して、ＳＵＶの進路をふさいでしまう。

「なんだこいつ」

ヤマシタサトエが腹立たしげにそう口にすると、それへの返事みたいにいきなりワンボックスカーがバックしてきて、リアバンパーで体当たりしてくる。

その重い衝撃がＳＵＶの車内に伝わり、アオヤギケイコが小さな悲鳴をあげる。

「こいつもさっきのバイカーの仲間だ。潰せ潰せってスレのやつらにけしかけられてる」

電子掲示板の流れをチェックしているニシタニショウイチが、そう注意を促す。

「信号変わったら、直進車線に戻ってこの先の交差点で右折します」

信号をじっと見ながら左手でシフトレバーをつかみ、ヤマシタサトエは機会をうかがっている——幸いにして後続車はなく、直進車線で信号待ちしている車もない。

ワンボックスカーは、一度体当たりしてきたあとは不気味に沈黙している。

青信号が点灯した途端、ヤマシタサトエはＳＵＶを一度バックさせてからただちにシフトチエンジをおこない、隣の直進車線に入ってそのままスピードをあげてゆく。

ワンボックスカーの前に出ることには成功したものの、ＳＵＶは次の交差点での右折を断念せざるを得なくなる——対向車線の車列が途切れておらず、ワンボックスカーにも間もなく追いつかれかねない位置のため、ヤマシタサトエはその後もアクセルを踏みつづける。

追手のワンボックスカーを引き離すべく、モニタリングチームのＳＵＶはなおも第二京浜国道上り線を直進してゆく。

匿名投稿者たちの乗るワンボックスカーの追走はやまず、逃げるＳＵＶをからかうみたいに蛇行しながら徐々に接近してくる。

ＳＵＶはさらに加速し、いくつかの交差点を通過したのちに、東京都道３１１号環状八号線——通称環八通りの立体交差が見えてきたあたりでとうとうしびれを切らしたかのごとく、ふたたび右折車線に入る。

そして減速し、矢口陸橋の下で右に折れようとしたとき、助手席のタカツキリクオが出し抜けにハンドルに手を伸ばしてきてこう叫ぶ。

「駄目だ右には行くな！」

急ハンドルが切られ、その拍子にＳＵＶのノーズが大きく左へそれてゆく。

それと同時に対向車線を、右側のヘッドライトが切れている整備不良車がノーブレーキで走りすぎ、そのあとにも一台の二トントラックがつづいてゆく。

そのときＳＵＶの車内では、けたたましいブレーキ音に加えてアオヤギケイコとニシタニショウイチの叫び声が響きわたっている。

対向車線の車との衝突は避けられたが、急激な左ハンドルにより、第二京浜国道上り線の直進車線上でＳＵＶの車体は真横を向いてしまっている。

そこへワンボックスカーが飛び込んできて、ＳＵＶのリアフォグライトのあたりにフロントバンパーの左端がぶつかってしまう。

ワンボックスカーに追突されたＳＵＶは、走行時とは前後が逆向きになった車体がさらに左へと流されてゆき、矢口陸橋の橋脚をかこうように設置されたガードレールに車体の右側面を激突させてやっと動きを止める。

かたやワンボックスカーのほうは、ＳＵＶにぶつかった直後に交差点内で急停止している――フロントバンパーが派手に凹んでいるが、走行に支障をきたすほどの損傷ではない。

しばしそこで停車していたが、ワンボックスカーのなかから匿名投稿者のだれかがおりてくることはない。

敵の撃墜を果たして満足したのか、あるいは軽度の事故だと見なして興がさめたのか――ＳＵＶにはそれ以上は関わろうとせず、なにごともなかったみたいにワンボックスカーは走り去ってしまう。

ＳＵＶの左側のドアが開き、モニタリングチームの四人がぐったりとした様子でおりてくると、すぐ近くの歩道に全員がへたり込んでしまう。

四人とも肩で息をしていて、ひと言もしゃべらずにいる。

だがやがて、ヤマシタサトエが安堵の笑みを浮かべて声に出すと、それがほかの三人にも感染してゆく。

ひとしきり笑ったあと、タカツキリクオはスマートフォンを手にとり、アカザワマモルとの通話がまだつながっているかどうかを確認する。

電話はすでに切れている——タカツキリクオはスマートフォンを耳に当て、再度の通話を試みようとするが、アカザワマモルは電話口に出ない。

アカザワとの通話をあきらめたタカツキは、そのスマートフォンをヤマシタサトエにかえすと、今度は自分の端末をジャケットのポケットから取りだす。

電源を入れたタカツキは、つい数分前にナンゴウタクマからの着信があったことを知る——早速に彼は、ナンゴウに折り返しの電話をかける。

「タカツキ、終わりだ。全部終わっちまった。おれらは終わったよ」

電話を受けたナンゴウは、そんな第一声を放ってくる。

タカツキリクオはあきれ顔で首を横に振り、言いかけた言葉を溜め息に変えてしまう。

「完全におれらの負けだ。やられたよ。こんなのはまったくの想定外だ。気づいたときにはもうあとの祭り、どこにも逃げ場がねえ。おれらはとうに包囲されてたんだ……」

うわ言のようなナンゴウのつぶやきに、タカツキリクオがぼんやりと耳を傾けていると、横からニシタニショウイチがすっとスマートフォンを差しだしてきてこう告げる。

「例のスレッドにリンク貼ってあった。連中の勝利宣言だとさ」

ニシタニショウイチのスマートフォンの画面には、YouTubeにアップロードされた動画が表示されていて、そこには燃え盛る一台の車が映し出されている。

撮影場所は新横浜北駐車場らしく、その敷地の真ん中に停められている黒いSUVが火だるまになり、大勢の見物人が歓声をあげている模様をカメラはとらえつづけている。

タカツキリクオはなにも言わずに電話を切り、深く息を吐きだして瞼を閉ざす。

9

二〇一〇年七月二日金曜日、午前八時三五分——多摩川の支流沿いに建つ賃貸マンション、六階西向きの角部屋。

カーテンの向こう側はやや明るい。

ダイニングルームで、Tシャツとパンツ姿のタカツキリクオがテレビを見ている——テーブル上にはオレンジジュースとヨーグルトとハチミツのセットがある。

天気予報によると、本日の都内は曇りときどき晴れ、最高気温は摂氏三一度まであがる見通し——現在の気温は摂氏二六度。

テレビにはワイドショー番組が映し出されている——今し方はじまったばかりの芸能特集コーナーでは、エクストラ・ディメンションズの話題が取りあげられている。

コーナー担当のアナウンサーはまず、エクストラ・ディメンションズのヒューマン・メンバーであるミカが、昨日一九歳の誕生日を迎えたことに触れる。

そのミカがメインボーカルを務めた「ウイスパー・ア・ゴーゴー」は、ゴーゴー三部作のなかで最大のヒットを記録し、三曲連続ミリオンセラーもあっさり達成されたことに加えて、

YouTubeでのビデオクリップ再生回数一億回突破も三曲中最速だったと伝えられる。

また、ついに先週発売されたデビューアルバム「ＥＤ」も、ヒットチャート初登場一位を記録しており、ミリオンセラーは確実視されている――デビューアルバム「ＥＤ」は国内のみならず、世界二二ヵ国で順次リリースされることが決定している。

そしてこの週末、エクストラ・ディメンションズ初の全国ツアー最終公演が、さいたまスーパーアリーナで開催されることにもアナウンサーは言及する。

チケットは全席ソールドアウトになっているが、ネットオークションで取引されたチケットの最高落札額は五十数万円にも及ぶと、アナウンサーは大袈裟に驚いてみせ、ＥＤの人気は留まるところを知らないと言い添えてコーナーを締めくくる。

●

午後八時二三分――銀座コリドー街の焼き鳥居酒屋。

店先では、ホームレスらしき老若男女の集団が警察に追い払われようとしている。

しかし集団は団結し、数名の制服警官たちをとりかこんで抗議の声をあげている。

その様子を一箇所に立ちどまって疎ましげに眺めている近隣の飲食店経営者もいれば、まるで無関心に通りすぎてゆくサラリーマンふうの男女もいる。

他方店内では、タカツキリクオとノダショウジが、個室でテーブルを挟んで向かい合っている。

「会ってない？　だれともか？」

「そうだ」

「そんなもんか？」

「というより、連絡がとれない。だれの連絡先も知らないからな。連絡先を知らないから、だれの消息もわからない」

「連絡先知らねえって、一緒に仕事してたときはどうしてたんだよ」

「スマートフォンを支給されてた。その端末に全員の連絡先が入ってたんだ。しかしクビになれば当然、支給品は返却する。というわけで、データとともにいっさいがっさい跡形もなく消えちまったってことだ。なにもかも嘘だったみたいに」

タカツキリクオはウーロン茶を飲み干す。

ノダショウジが砂肝をぱくつき、口をくちゃくちゃ言わせながら問いかけてくる。

「でも、雇い主はもしものために、全員分の個人情報把握してんだろ？　雇い主に照会すれば教えてもらえんじゃねえのか？」

「無理だ。手を切ったらそれまでって約束だからな。雇い主には会うことはおろか連絡も許されていない。すべてなかったことにする。はじめからそういう契約だ」

「そんなもんかね。そらまたえらくクールな契約だな」

探るような目つきをして、ノダショウジは小首をかしげている。

「気が合うやつもいたけどな、仕方がない。豚箱に放り込まれなかっただけ増しだと思わなきゃな。無傷で済んだわけだから、おれは幸運だったということだ。当分は金にもこまらない。金払いのいい雇い主だったからな。終わり方はきれいじゃなかったが、あれ以上つづけてたら、無関係な人間も含めてもっといろんなやつが不幸になってたはずだ。だからこれでよかったんだよ。やめどきだったんだ」

「やめどきだったか。しかしおまえ自身は、随分と名残惜しそうだけどな。その仲間に対してってより、なんかやり残したことでもあるみたいだ」

タカツキリクオは押し黙って空のグラスを見つめている。

ふたりのいる個室の前を通りかかった客の携帯電話が鳴ったらしく、着信音に設定された音楽が室内に流れ込んでくる。

その着信音が、エクストラ・ディメンションズの「ウイスパー・ア・ゴーゴー」だと気づいたノダショウジは、苦笑いしながらこんな自説を開陳する。

「それにしても、ネットじゃまだミカは叩かれまくってるな。売れれば売れるほどバッシングも激しくなるってのはまあ、よくある話だが、しかしあそこまで行くと異常とかいうレベルを超えてるぜ。あの子メインの曲がいちばん売れてるのも、三曲目だから知名度あがってて得したんだとか、結局はごり押し依怙《えこ》贔屓《ひいき》の賜物だっつってヒステリー起こしてやがるんだから始末に負えない。おなじグループの一員ってのはもう、それだけで敵以外の何物でもなくて、どうあっても仲間とは見なされないんだな。つうわけで、おれはこう結論したよ。競争社会で和気靄々をもとめるのは無理なんだと」

10

二〇一〇年七月二九日木曜日、午前八時四〇分——多摩川の支流沿いに建つ賃貸マンション、六階西向きの角部屋。

カーテンの向こう側は薄暗い。

天気予報によると、本日の都内は雷雨が予想され、最高気温は摂氏二七度の見込み——現在の気温は摂氏二六度。

タカツキリクオがテレビのワイドショー番組を食い入るように見ている——そのまなざしには、まぎれもない驚愕の色が浮かんでおり、表情は陰りを帯びている。

昨夜おこなわれたという、エクストラ・ディメンションズの活動に密着するドキュメンタリー映画の製作発表記者会見の模様が、芸能特集コーナーのトップ項目に取りあげられている。

会見席の中央に座っているミカが、なにか話すたびに無数のフラッシュがたかれるため、テレビの画面はしばしばホワイトアウトしてしまう。

ミカの左手後方にはミアが佇んでいて、右手後方には等身大のミラをかたどったホログラムパネルが据え置かれている。

また、エクストラ・ディメンションズの音楽プロデューサーら裏方のスタッフも一堂に会しており、所属事務所やレコード会社の社長なども製作者として会見に臨んでいる。

タカツキリクオの視線は、そのどれにも向けられてはいない——彼の視界が焦点を合わせているのはただひとり、ミカの右隣に座っている、ダークスーツを着た横分けの若い男。

番組内ではそのとき、ドキュメンタリー映画の製作費全額を出資するスポンサーとして、若手個人投資家カキオカサトシの名前があげられている。

そして当の記者会見には、カキオカサトシの代理人としてニナイケントが出席している。

●

午前八時五四分——ダイニングテーブルの上にノートパソコンを置き、タカツキリクオはインターネットにアクセスする。

エクストラ・ディメンションズの話題を扱う電子掲示板を訪れたタカツキは、映画製作発表を機に立てられたスレッドをほどなく見つけだし、迷わずそれを開いてみる。

そこではノダショウジが指摘していた通り、ミカに対するバッシングがいっそう過熱している——なかでも特に、記者会見におけるミラとミアの待遇がひどすぎると激昂し、複製差別だ、、、、、とまで訴える書き込みが目立っている。

また当のスレッドでは、ちょうどこの週初に発覚した、ミラの声とモーションアクターを担当している若手声優の恋愛スキャンダルすらも、ミカのバッシングの材料にされてしまっている。

今回の降って湧いたようなスキャンダルは、センターの座の独占をもくろむあくどいミカが仕組んだ謀略だとするネガティブ・キャンペーンが、ミラの熱狂的ファンらしき数名の匿名投稿者の主導で展開されている——その挙げ句に、ミカのグループ脱退請願署名運動の呼びかけにまで発展してしまっている。

そうした、映画製作発表に関するファンの反応をひと通り読み終えると、タカツキリクオはサーチボックスに「**observer29と愉快な仲間たち**」と書き入れ、検索ボタンを押す。

すると検索結果のなかに、「**observer29と愉快な仲間たちをモニターするスレッド**」の、初代から末代までを網羅した「まとめサイト」が表示されているのを発見し、タカツキはそこをクリックする。

そのスレッドを順番にたどってゆくことにより、カキオカサトシのモニタリングチームが壊滅へと追いやられる過程を、タカツキリクオは再体験する。

スレッドの流れから、不特定多数の匿名投稿者たちの密な連携により、モニタリングチームへの包囲網が徐々に狭められていったのが手にとるように読みとれる。

チームの居場所や行動はおろか、メンバーによってはその素性さえもが次々とウェブ上にさらされてゆくさまに触れ、タカツキリクオは顔色を曇らせる——「**observer29**」の正体はバレていないが、たとえばサワザキコウタやアカザワマモルやハイバ兄弟といった直接の被害をこうむったメンバーは個人が特定されてしまっている。

そしてエクストラ・ディメンションズの全国ツアー初日が、**「廃棄物最終処分作戦」**における最大の山場に位置づけられ、一ヵ月も前からスレッド上で計画が練られていたことをタカツキリクオは知る——それを知った途端、愕然となったタカツキは、たいそう悔しそうに頭を抱えてしまう。

順を追ってスレッドに目を通すうち、あるひとつのハンドルネームにタカツキは注目するようになる。

そのハンドルネームは**「ヴォーン」**といい、一読したかぎりでも、スレッド住人のなかで別格の存在感を感じさせる。

ときに内通者かと疑われるほどの重要情報をさらりともたらすこともあり、スレッド内で**「ヴォーン」**は明らかに一目置かれている。

ただ、**「ヴォーン」**は**「廃棄物最終処分作戦」**とは距離をとっていて、モニタリングチームへの実際の攻撃にも参加した形跡はない。

そのためスレッド住人のあいだでは、**「ヴォーン」**は謎めいた匿名投稿者と見なされていて、彼の目的はいったいなにかといった議論が、代々のスレッドで幾度も交わされている。

それに対し、**「ヴォーン」**自身は明確な回答を寄せたことはない。

だが一度きり、これが彼の目的だと、タカツキリクオにだけは即座に理解できる暗号めいた書き込みを、「**ヴォーン**」はスレッドに投稿している。

それはある小説からの引用であり、原典の翻訳書にはこう書かれている。


「ヴォーン――彼女が事故に遭ったことは？」

「大きなものはない――つまりすべてはこれから未来に開かれている。ちょっとした先見さえあれば、特別な自動車衝突で彼女は死ねる。我々の夢と幻想をすべて変えることだってできるんだ。その事故でともに死ぬ男は……」


タカツキリクオは試しに「**ヴォーン　自動車衝突**」とサーチボックスに書き入れて、検索をおこなってみる――すると検索結果の五番目に、「交通事故に欲情する男の話」を描いたJ・G・バラードの小説の題名『クラッシュ』が表示される。

「なんてことだ」

タカツキリクオはそうつぶやき、動揺して後ずさりしたみたいに立ちあがる。

●

午前一一時二七分――こぢんまりとした商店街。

小雨がぱらつく最中、ジャージ姿のタカツキリクオが傘も差さずに歩いてくる。

ミカの実家と思しき洋裁店は閉まっていて、道端から見える窓はどれもカーテンが引かれているため、屋内の様子を窺い知ることはできない。

雨宿りのふりをして、タカツキリクオは洋裁店の軒下で立ちどまるが、しばらくすると雨がやんでしまったので、彼はその場を立ち去らねばならなくなる。

洋裁店をあとにしたタカツキは、そこから四、五〇メートル行った先にあるコンビニエンスストアに入る。

真っ先に雑誌売り場へ進むと、タカツキリクオは週刊誌を手にとり、「反格差社会デモで逮捕者続出」という見出しの記事に目をやり、そのまま立ち読みにふける。

何分かのち、タカツキは自分の左隣に立った買い物客がふと気になり、週刊誌からはずした視線をそっとそちらへ向けてみる。

左隣の買い物客は、目当てのものがなかったらしく、すぐに雑誌売り場を離れてゆく。そして冷蔵棚の前で足を止め、スポーツ飲料の五〇〇ミリリットルサイズ・ペットボトルを取りだすと、それを購入して店を出てゆく。

その客が去って一〇秒が経つのを、腕時計を睨みつけてタカツキは待ち、時間がきたところで自身も店を出て跡をつけてゆく。

深々と野球帽をかぶって顔がわからぬようにはしているが、その女性がエクストラ・ディメンションズのミカであることに、タカツキリクオは気づいている。

午後零時二分――多摩川河川敷の緑地運動場。

土手のコンクリート階段をのぼってゆく彼女の後ろ姿を見ていると、頰がぴしゃりと雫に濡れるのをタカツキは感じる。

頭上は重苦しい積乱雲に覆われているが、ミカは躊躇なく緑地運動場の野球場のほうへと歩いてゆき、タカツキリクオもそれにつづく。

小雨がふったりやんだりをくりかえし、雷雨も予想される悪天候のランチタイムゆえか、緑地運動場の敷地内に先客はひとりもいない。管理事務所の職員やホームレスの姿も見かけない。

そんななか、敷地のほぼど真ん中に位置する少年野球場B面のピッチャーズマウンドに立ったミカは、右手に握ったペットボトルをマイクに見立ててアカペラで唄いはじめる。

ミカが唄いだした拍子に、雨足が強まってきたが、彼女は気にせず歌声を放ちつづける。

長袖と半袖のTシャツを重ね着し、デニムの短パンを穿いている彼女は、やがて雨粒を全身ではねかえそうとするかのように、唄いながらダンスにも取り組んでゆく。

タカツキリクオは、当初はミカの視野には入らない場所からその光景を眺めていたが、歌声を耳にするうちにいざなわれて、一歩二歩と彼女の至近距離に近づいていってしまう。

いつしか三塁ベンチのあたりまで出てくると、そこに立ち尽くしたままタカツキは、この場での唯一の聴衆としてミカの歌にじっと聴き入る。

雨量はさらに増しているが、唄いきることを優先しているのか、あるいは降雨に気がついてすらいないのか、ミカは決してパフォーマンスを中断しようとはしない。

タカツキリクオもまた、われを忘れて忠実なる一聴衆に徹しており、ほとんど風景の一部と化してしまっている。

そしてミカが、未発表の新曲らしきひとつの歌を唄い終わったとき、彼女やタカツキを取り巻く世界に異変が生ずる——少年野球場B面の、外野センターフィールドの際に立てられた鉄製のポールに、大きな雷が落ちてきたのだ。

そのとき、一瞬にして世界がまったくの純白に染めあげられ、それにつづいて瞬時に新たなイメージとして再生される場面をタカツキリクオは目撃する。

しかしそれから間髪をいれず、全身が衝撃波と轟音の直撃を食らって立っていられなくなった彼は、今更の驚きとともに腰が抜けたみたいにしゃがみ込んでしまう。

落雷直後は脱け殻のごとく呆然となっていたタカツキも、ピッチャーズマウンドに倒れ込んでいるミカを見るやいなやただちに立ちあがる。

とっさに駆け寄り、ミカを優しく抱き起こすと、タカツキリクオは「大丈夫ですか？」と恐る恐る彼女に呼びかける——ミカの体を持ちあげたときに、彼女がかぶっていた野球帽が脱げてしまい、ショートボブの髪型がはらりとあらわになる。

センターフィールドのポールは、部分的に塗料が焼け焦げているふうだが、それ以外の見た目は特に変わらぬ様相を呈している——あたかもこのポールそのものが、天より射られた雷槍のような印象を与えている。

意識が戻ったミカの傍らに膝をつき、タカツキリクオはあらためて問いかける。

「大丈夫ですか？」

それに対してミカは、びっくりした表情ながらもこくりこくりと頷いてみせ、「大丈夫です」としっかりした声で応ずる。

ミカが立ちあがる際に手を貸してやると、タカツキリクオは軽く頭をさげ、それ以上は彼女と関わろうとはせず背を向けて立ち去ろうとする。

すると背後から「あの」と呼びとめられたため振りかえると、「ありがとうございました」と述べ、ミカが雨に濡れながらお辞儀しているのをタカツキは目にする。

「こちらこそ」

そのひと言だけをかえし、タカツキリクオは今度こそ緑地運動場を出てゆく。

11

二〇一〇年八月二八日土曜日、午後九時一五分——渋谷区勤労福祉会館、第1洋室。受講者でごったがえしている、犯罪加害者更生のためのグループセラピー会場。

しかし会場の利用目的はもはや完全に、求人者と求職者の面接がメインになってしまっている。求職者の側には一様に差し迫った様子がうかがえ、そのうちの何人もがどんよりと沈みきった顔色をして疲弊感を漂わせている。

求職者のひとつの列に、ヤマシタサトエが並んでいる——後ろから肩を叩かれ、振りかえったヤマシタの目の前には、タカツキリクオが立っている。

「ああ、タカツキさん、すごい偶然だな。おひさしぶりです。あれからどうでした？」

ヤマシタサトエは朗らかな面持ちでタカツキに笑いかけている。

「やっと会えたな。じつは偶然じゃないんだ」

タカツキがそう打ち明けると、ヤマシタサトエはきょとんとしている。

「おまえに手伝ってほしいことがあってな。すまんがこのあと、ちょっといいか？」

誘われたヤマシタはこう即答する。

「今すぐでもいいですよ」

●

午後九時四八分――渋谷区勤労福祉会館隣のテナントビル二階に出店しているダイニングバー。

にぎわっている店内で、タカツキリクオとヤマシタサトエがカウンター席に並んで座っている――ヤマシタサトエは生ビール、タカツキリクオはノンアルコールビールを飲んでいて、テーブル上の皿にはふたり分の巨大なチーズバーガーが載っている。

「酔っぱらいの運転手？」

タカツキリクオが並々ならぬ興味を示して訊く。

「そうなんです。妙な求人だったわって、さっき面接はじまる前に手配師のおっさんがこっそり教えてくれて」

「いつの話だ？」

「一ヵ月前らしいです」

「一ヵ月前か」タカツキリクオは歯ぎしりしている。

「若い横分けのやつがドライバーの募集に来て、交通刑務所から出てきて間もないような人でもどんどん面接してたっていうんです。どんな仕事だって訊いたら、映画の撮影なんだと。街中でベンツ運転するだけだから楽なもんだって説明されて、みんな喜んで飛びついたみたいで」

チーズバーガーにひと口かぶりつき、確信に満ちた目つきでタカツキがさらに問う。

「それで？」

「それで結局、酒気帯びで電柱に突っ込んだことがある、アル中みたいな男が採用されたらしいって、手配師のおっさん言ってました。内緒だけど、じつはその男、自殺未遂なんかもくりかえしてるトラブルメーカーだから、だれも雇いたがらなかったんだけどなって」

タカツキリクオは口に含んだチーズバーガーをよく嚙みそれを吞み込むと、ノンアルコールビールで喉を潤してひと息つく。

それから彼は、横でおなじものを食べているヤマシタサトエのほうへ顔を向け、冷静な物言いでこう断言する。

「間違いない、ニナイだ。これであいつの狙いが全部はっきりした」

「あいつの狙いって、いったいなんなんですか？」

ヤマシタサトエが訝しげな目で見返して訊ねると、タカツキリクオはこのように答える。

「あの男は八月三一日の未明に、クイーンと一緒に自動車事故で死ぬつもりだ。一三年前のダイアナ妃の死亡事故を、おなじ日に東京で再現する気でいるんだ」

●

午後一一時一分――銀座一丁目のプロビデンスビル。

タンデムシートにタカツキリクオを乗せ、ヤマシタサトエが運転するビッグスクーターが、プロビデンスビルのエントランスに面した道路の路肩に停まる。

タカツキリクオとヤマシタサトエは素早くビッグスクーターをおりてエントランスへと向かうも、沿道にできた人垣のせいでなかなか先へは進めない。

プロビデンスビルのエントランス周辺は目下、大挙して押しかけたデモ隊のような人々によって占拠されている——「格差社会反対」を訴えるその集団は、経済格差や世界同時不況の元凶である金融資本主義の象徴的存在としてカキオカサトシを敵視し、十数名ほどの警備員に見守られながら路上でキャンプをおこなっている。

警備員に阻まれ、タカツキリクオとヤマシタサトエはプロビデンスビルのなかに入ることができない——ふたりとも、デモ隊の一員としか見なされず、まともに話も聞いてもらえず歩道に立ち尽くすしかない。

「どうします?」

ヤマシタサトエがそう問いかけると、タカツキリクオは「これしかないな」と言って自分のスマートフォンを取りだす。

そしてタカツキは、エクストラ・ディメンションズの話題を扱う電子掲示板を訪れて、密着ドキュメンタリーの関連スレッドに、カキオカサトシへのメッセージを書き込んでゆく。

「おれだとわかるようにして、なにもかもばらすとでも脅せば、そのうちなかに入れてくれるだろう」

「なるほど。自分も書きます」

密着ドキュメンタリーの関連スレッドに留まらず、手当たり次第にふたりがカキオカサトシへのメッセージを書き込んでいると、ほどなくしてひとりの警備員が近寄ってくる。

「あんたらか？」

タカツキリクオとヤマシタサトエが頷くと、警備員は「こっちだ」と促してふたりをビルの裏口へと導いてゆく。

●

午後一一時四二分――プロビデンスビル最上階のレクリエーションルーム。

カキオカサトシが、室内中央に据えられた白い革張りの一〇人掛けソファーに腰を下ろし、一〇〇インチ・テレビモニターでエクストラ・ディメンションズのコンサート映像に見入っている――手もとには薄型軽量ノートパソコンが置いてあり、いつでも電子掲示板に書き込みできる状態にある。

タカツキリクオとヤマシタサトエは、開けっぱなしの出入り口のところで立ちどまり、戸惑いの色をあらわにしている。

以前とは打って変わり、レクリエーションルームはゴミ溜めみたいに散らかし放題となっている。

また、カキオカ自身も何日も髭を剃っていないらしく、伸びすぎた髪の毛もぼさぼさのままになっている。

そうしたありさまを目の当たりにして、タカツキリクオとヤマシタサトエは啞然となり、言葉を発するのを忘れてしまっている。

「で、なんなの？」

挨拶すらしないふたりにいらだちを示し、カキオカサトシがテレビ画面から目を離さず、いかにも迷惑そうに口を開く。

するとタカツキは、はっとしたようにカキオカサトシに歩み寄ってゆき、単刀直入に用件を述べる。

「細かいことはいい。一点だけ教えてくれ。八月三〇日の深夜の、映画の撮影スケジュールが知りたい。エクストラ・ディメンションズの、例のドキュメンタリー映画のだ」

テレビ画面上には今、タイトなシルバーの衣裳をまとって唄い踊る、ミカのバストショットが映し出されている。

「さあね。んなもんおれが知ってるわけないじゃん」

カキオカサトシはなおもテレビ画面から目を離さない。

「そうかもしれないが、おまえの立場なら、知ろうと思えば知ることはできるだろう？」

「ははっ、それもどうだかな」

カキオカサトシが自嘲気味に笑うのを、タカツキリクオは怪訝そうに見ている。

「なんだ、おまえらしくないな。キングというのは、そんなふうには自分を笑わないもんなんじゃないのか？」

ここでこのときはじめて、カキオカサトシはタカツキリクオと視線を交わす。

「つうかさ、映画のスケジュールとか知ってどうするわけ？　差し入れでもすんの？」

「ニナイを止める」

「はあなんで？　映画やめさせるってこと？」

タカツキリクオは一歩前に出て、

「やっぱりそうか。あの映画はあいつの発案なんだな？」

この質問には答えず、カキオカサトシは鼻で笑い、ふたたびテレビ画面へ目をやってしまう。

「ニナイケントは頭がイカれてる。おまえもわかってるとは思うが」

「どうだっていいよそんなことは」

「イカれてるだけじゃない。あいつはQと一緒に自動車事故で死ぬ気なんだぞ」

カキオカサトシは無言になる。

「たぶんおまえは、それとは逆の話を聞かされてるんだろう」

カキオカサトシは真顔で押し黙っている。

「いったいなにを吹き込まれて、あんなやつの言いなりになってるのか知らんが、おまえはあいつにだまされてる。その証拠もある」

カキオカサトシは瞼を閉ざす。

「おまえのチームを壊滅に追い込んだのもあいつだ。おれがこれから教えるネット掲示板のログを読めば、それもすべてわかる。おまえは利用されてるんだ。とっくに気づいてるだろうがな。あいつのイカれた目的のために、おまえは映画のスポンサーなんかにさせられてる。おかしいじゃないか。なにがどうなってるんだカキオカ。おまえの望みは、そんなことじゃなかったはずだ。天体観測者の愛ってやつをまっとうしてくれよ」

言い終えると、タカツキリクオは床に散乱しているゴミのなかから白い部分の目立つ紙くずを一枚拾いあげる。

それからソファーの後方に設えてあるテーブルのもとへ行き、その上に転がっているボールペンを右手に持って、広げた紙くずの余白に彼は電話番号などを書き入れる。

「これに書いてある通りに検索すれば、そのログは出てくる。とりあえずそれを読んで判断すればいい。八月三〇日の深夜のスケジュールがわかったら、その番号に電話をくれ」

タカツキリクオが紙くずをまるめてソファーのほうへ放ると、ノートパソコンのキーボードの上に落っこちて、カキオカサトシの左手にぶつかる。

「カキオカ、最後にこれだけは言っとく。おまえにはどうでもいいことだろうが、おれはおまえに感謝してる。おまえに雇ってもらえなかったら、今頃おれはただ自分が腐り切るのを待つしかない状態で、確実に悲惨な暮らしを送ってたはずだからな。胸張って威張れるような仕事じゃなかったが、あのチームで働けたことは悪くなかったよ」

　そう言い残し、タカツキリクオは一度も振りかえらず、ヤマシタサトエとともにレクリエーションルームを出てゆく。

12

二〇一〇年八月三〇日月曜日、午後一一時一三分——渋谷区桜丘町の超高層複合ビルに面した二車線の道路。

エントランスの車寄せが見通せる位置にタカツキリクオが立ち、スマートフォンを耳に当てて通話している。

「そういうことだ。自宅にも帰ってない。昨日からどこかに隠されてる。おそらく都内のホテルのどれかだ。頼むよノダ。ミカの居場所突き止めてくれ。おまえはおれにたくさん借りがあるはずだ。これで全部ちゃらにしてやるから急いでくれ。いや、そうじゃない。そういうことじゃない。言っただろ。あのスポンサー代理人ってのがイカれたやつなんだよ。映画の撮影ってことにして彼女を連れまわしてるんだ。そうだ。とにかく時間がない。奥の手でもなんでも使って早く調べてくれ」

通話を切ったあとにスマートフォンで時刻を確認し、短い溜め息をついてそわつきながらエントランスを見つめていると、今度はヤマシタサトエから電話がかかってくる。

「そっちはどうだ？　やっぱり駄目か。そうか。ならしばらく、そこで待機しててくれ」

スマートフォンを握ったまま、タカツキリクオは視線を宙にさまよわせる——すっかりおちつきをなくしてしまっているタカツキは、ノダショウジからの連絡を待つあいだ道端でひたすらにうろうろする。

着信音が鳴る。

「もしもし、どうだ、どうだった？　なに？　いやだからカキオカじゃない。おれが知りたいのはミカの居場所だって。え、なに？　銀座一丁目のビルで爆発火災？」

スマートフォンのスピーカーから聞こえてくるノダショウジの声が、タカツキリクオにこのように語りかける。

「おまえ今どこにいる？　近くにテレビないか？　そのへんにラーメン屋かなんかあったらテレビ見に行け。あのビルの最上階が燃えてるから。凄まじい勢いで燃えてる。大変なことになったぞこれは。とにかく物凄い騒ぎになってる。テロじゃないかってみんな言ってるな」

そのとき別の着信が入り、ノダショウジに「キャッチだ」と伝えてタカツキリクオは新たな相手との通話に切り替える。

「もしもし」

タカツキリクオがただちに応答すると、電話の主は彼にこう話しかけてくる。

「それで結局、そっちは今なにしてんの？」

「そっちこそ無事なのか？」

「無事だから電話かけてきてんじゃん」

「しかしおまえのビル……」

「ああ、あれね。あれはおれが自分でやったんだもん」

タカツキリクオは額に手を当てて天を仰ぐ。

「なぜだ？」

「なにが？」

「なぜ火なんかつけたんだって訊いてるんだよ」

「一昨日あんたに指摘されたでしょ。たしかにおれ、ここんとこずっと、あいつの言いなりになってたからさ。そろそろ自由になろうかと思ってね」

返答に窮し、タカツキリクオは口をぽかんと開けてうつむいている。

「なんだよ、褒めてくんないの？」

「それはつまり、ニナイに脅迫されてたってことか？　脅迫の材料になるようなものを燃やしたってことか？」

「そんなことはどうだっていいんだよ。それよりさ、今夜のスケジュールはつかめたのかってこっちが訊いてるんだよ」

「それがまだだ」

「相変わらず頭使ってないね。ペナルティーもんだな」

「おまえがニナイに訊いて、確認してくれたのか？」

「んなわけないじゃん。あいつもクビだよ。つうかさ、そんなことしなくても、答えは全部ネットに書いてあるってわかってないんだな」

「どういうことだ？」

「時間がないから要点だけ言うよ。要するにヴォーンは、ダイアナ妃の死亡事故をなるべく忠実に再現しようとしてるわけだ。だとすれば必然的に、午前零時二三分に事故を起こすつもりってことだ。そして使う車はベンツS２８０。事故現場はトンネルのなか。ダイアナ妃が事故直前にいたのはオテル・リッツ・パリだから、出発地点は大方リッツ・カールトンじゃないの。仮にそうだとすると、事故現場として目指す場所は位置的に、麻布トンネルだ。ダイアナ妃が乗っていた車は、アルマ・トンネルの一三番目の柱に激突している。というわけで、麻布トンネルの一三番目の柱が最終地点てことになる」

●

午後一一時四七分——国道２４６号上り線。

東京ミッドタウンへ向かうタクシーの後部座席。

ヤマシタサトエからテキストメッセージが届き、彼女はすでに待ち合わせ場所に到着していることをタカツキリクオは知る。

さらにノダショウジからもテキストメッセージが届き、先ほどまで、ザ・リッツ・カールトン東京の一室でエクストラ・ディメンションズの映画の撮影がおこなわれていたとの報告が入る——この情報を入手したのはイシイだと書き、終わったら彼に直接礼を言うようにと、ノダショウジはタカツキに勧めている。

タカツキリクオは神妙な面持ちで静かに頷くと、流れゆく窓外の景色を眺める。

タクシーは表参道を通過して外苑前に近づきつつある。

タカツキリクオは不意になにかが気になったらしく、ふたたびスマートフォンを起動させ、エクストラ・ディメンションズの話題を扱う電子掲示板をチェックする。

するといきなり「**ヴォーンよりパパラッチさんへ**」というタイトルのスレッドが目に飛び込んできて、即座に彼はその内容をたしかめる。

ヴォーンよりパパラッチさんへ
こちらは準備ＯＫ。
車も運転手もボディーガードもそろえました。
リハーサルも済ませました。
あとは実行に移すだけです。
史実の通り、午前零時二〇分のスタートになります。
そちらも遅れないように来てください。

その書き込みを凝視したまましばし凍りついていたタカツキは、まとわりつくものを取り払うように幾度か頭を横に振る。
そして彼は、願い事でもするみたいに眉間をつまみながら目をつむり、それからふと瞼を開けると、以下の書き込みを掲示板に投稿する。

パパラッチよりヴォーンへ
おまえの願いはかなわない。
おまえは嘘つきであり、法則なんか使いこなせてはいない。
おまえがやっているのは自分に都合のいい解釈でしかない。
しかしおれはちがう。
おれは確実に目的を果たす。
なぜならおれにはすべてのイメージが鮮明に見えているからだ。

タクシーが停まり、運転手が東京ミッドタウンへの到着を告げる。
そのとき時刻は、午前零時をまわっている。

13

二〇一〇年八月三一日火曜日、午前零時七分――東京ミッドタウン。

タカツキリクオは、ザ・リッツ・カールトン東京のメインエントランスでヤマシタサトエと落ち合う。

「ここの駐車場って機械式なんですね。先にベンツ探しとこうかと思ったんですが……」

「だがあと一〇分ちょいある。ニナイが掲示板に出発時間まで予告してやがった。とりあえず駐車場の出口に立って、黒塗りのベンツS280が出てきたら体張って停めさせよう。この画像の車だ。古い型だからひと目でわかるはずだ」

スマートフォンに表示させたベンツS280の画像を、タカツキはヤマシタに見せる。

そしてふたりは早速に、場所を移動しようとして顔をあげる。

するとまさに今し方、画像で目にしたばかりの黒い車が、東京ミッドタウン地下駐車場の出口から飛びだしてきたところをふたりは目撃してしまう。

「しまった。あの予告は囮だ」

眼前を通りすぎてゆくベンツS280の後部座席に、ミカとニナイケントの姿があるのを認めたタカツキリクオは、ヤマシタサトエを促してビッグスクーターのもとへと急ぐ。

ベンツＳ２８０は、一台のロケバスと二台の普通乗用車を引きつれて、東京都道３１９号環状三号線——通称外苑東通りに入り、まずは青山方面へと進んでゆく。

ウイークデーの深夜ゆえか、目下の外苑東通りはさほど混雑していない——この道のこの時間帯にしては、むしろ流れがよすぎるほどスムーズに通行車両は走り去っている。

信号につかまることもなく、ベンツＳ２８０は順調に走行して山王病院の前を通過し、区立赤坂図書館を左手に見ながら左に折れ、そのすぐあとに青山ツインビル裏交差点でまた左折する。

それからベンツＳ２８０は、環状三号線の信号がふたつしかない区間を南下し、東京都道４１２号霞ヶ関渋谷線——通称六本木通りとの交差点に向かって加速してゆく。その交差点のアンダーパスとして、麻布トンネルは施設されている。

タンデムシートにタカツキリクオを乗せ、ヤマシタサトエが運転するビッグスクーターは、日本学術会議前交差点で信号待ちをしているロケ隊の最後尾をやっと視界におさめる——だが車列はたちまち動きだし、ふたりはもうひと息のところでベンツＳ２８０を取り逃がしてしまう。

日本学術会議前交差点から麻布トンネルの入り口までは六〇〇メートルほどしかなく、事態はもはや一刻の猶予もない。

仮に追いつけたとしても、麻布トンネル内での衝突事故をもくろむベンツS280を制止する方法など、ひとつも存在しないのかもしれない。

だとすれば、これから再現されようとしている一九九七年八月三一日日曜日にダイアナ妃とドディ・アルファイドを死に至らしめた交通事故の状況から、エクストラ・ディメンションズのミカを無傷で救いだすことは、物理的に不可能なのかもしれない。

そのとき、ベンツS280を先頭とする数台の車両は、超過している速度以外はあまりにも自然に環状三号線をすべりおり、いよいよ麻布トンネルのなかへと突き進んでゆく。

そのとき、ビッグスクーターはベンツS280にあと数メートルの距離まで接近しているが、衝突事故を阻止するには物理的に間に合わないのは明らかな状況を呈している。

そしてついに、そのときは来る。

一台だけ、さらに後続を引き離すべくスピードをあげたベンツS280が、麻布トンネルの入り口に見える、中央分離帯のコンクリート壁の切れ目にノーズから突っ込んでゆく。

それを目の当たりにした瞬間、タカツキリクオは意志的なまばたきをする。

すると彼を取り巻く世界は、あの落雷体験のときのごとく一瞬にして純白に染めあげられ、それにつづいて瞬時に別世界として再生されてゆく。

タカツキリクオを取り巻く世界は今、すべてが干渉縞に彩られて時間が止まっている。

そればかりか、当の世界は無数に分岐して展開してゆく可能性《シチユエーシヨン》が折り重なる、ホログラムのような像として、タカツキリクオの目には映っている。

そこでは、ミカやニナイケントらの乗ったベンツS280がたどり得る、無数の可能性も折り重なってホログラムみたいに見えている。

そのなかには、大破したベンツS280からだれもが無傷で脱けだせる可能性も含まれている。

無数の可能性が織り成すホログラムに、しばし魅せられていたタカツキは、とうに決めてあったひとつの選択肢を選びとる——そして世界の再開を認めた彼は手はじめに、スクラップ同然となったベンツS280からミカを救出する。

●

午前零時二三分——麻布トンネル。

トンネル入り口のところで、黒塗りのベンツS280が中央分離帯のコンクリート壁の切れ目に正面衝突して停止している。

車体の前面部は大きく押しつぶされているが、車内の被害は奇跡的に小さい。

運転席や助手席はもちろん、後部座席にも特別に装備されていた超高性能のエアバッグが最大限に効果を発揮したらしく、乗車していた人々が怪我を負った様子はない。

中央分離帯に寄せて停めたビッグスクーターからおりてきて、タカツキリクオは駆け足でベンツS280のもとへと向かう。

ロケ隊の車両に乗っていた映画スタッフやマネージャーらも外に出てきて事故車をとりかこむ。

タカツキリクオが車内からミカを助けだした頃には、事故現場に救急車が到着している。

ぐったりしているミカを抱きあげて救急車につれてゆくタカツキを止める者はいない。

また連絡を取り合うことを約束してヤマシタサトエとわかれ、ミカとともに救急車に乗り込んだタカツキは、ときおりまばたきしてホログラムの世界への接触をはかる。

それから彼は小声でこんな歌を唄いながら、ストレッチャーに横たわった清らかで美しいミカを見守り、加速する救急車で麻布トンネルを脱けだしてゆく。

In a deep deep sleep of the innocent
I am born again

In a fast german car
I'm amazed that I survived
An airbag saved my life
In an interstellar burst

I am back to save the universe

In an interstellar burst
I am back to save the universe

QUEEN IS DEAD, THE
Words by Marr Johnny, Steven Patrick Morrissey
Music by Marr Johnny, Steven Patrick Morrissey
©1987 by ARTEMIS MUZIEKUITGEVERIJ B.V
All rights reserved. Used by permission.
Print rights for Japan administered by YAMAHA MUSIC PUBLISHING, INC.

DE JA VU
Words & Music by Makeba Riddick, Rodney Jerkins, Shawn Carter, John Webb, Beyonce Knowles, Kelly Price and Delisha Thomas
©2006 JANICE COMBS MUSIC, RODNEY JERKINS PRODUCTIONS INC., CARTER BOYS PUBLISHING, FORAY MUSIC and B-DAY PUBLISHING
Permission granted by EMI Music Publishing Japan Ltd.
Authorized for sale only in Japan

(p.33)
「DEJA VU」 by Keli Nicole Price, Shawn Carter, Rodney Jerkins, Beyonce Knowles, Makeba Riddick, Delisha Thomas and John Webb, Jr.
©2006 by Price Tag (adm. by Bluewater Music Services Corp.)
Assigned for Japan to Taiyo Music, Inc.
Authorized for sale in Japan only

Deja Vu
Shawn C Carter/Rodney Jerkins/Beyonce Gissella Knowles/Kelly Price/Makeba Riddick/Delisha Thomas
©Copyright by 23,000 Music, Inc administered by Kobalt Music Publishing Ltd
The rights for Japan licensed to Sony Music Publishing(Japan)Inc.

ALWAYS CRASHING IN THE SAME CAR
Words & Music by David Bowie
© MAINMAN SAAG LTD. NEW YORK
Permission granted by EMI Music Publishing Japan Ltd.
Authorized for sale only in Japan

"ALWAYS CRASHING IN THE SAME CAR"
Words and Music by David Bowie
© by Tintoretto Music
Rights for Japan assigned to WATANABE MUSIC PUBLISHING CO. LTD.

STAY A WHILE
Words by Ivor Raymonde
Music by Mike Hawker
© Copyright by MRC MUSIC CORP.
All rights reserved. Used by permission.
Print rights for Japan administered by YAMAHA MUSIC PUBLISHING, INC.

FANTASY
Words & Music by Maurice White, Verdine White and Eddie Del Barrio
© 1977 by EMI APRIL MUSIC, INC.
The rights for Japan assigned to FUJIPACIFIC MUSIC INC.

AIRBAG
Words by Thomas Yorke, Edward O'Brien, Colin Greenwood, Jonathan Greenwood, Philip Selway
Music by Thomas Yorke, Edward O'Brien, Colin Greenwood, Jonathan Greenwood, Philip Selway
© 1997 by WARNER/CHAPPELL MUSIC LTD.
All rights reserved. Used by permission.
Print rights for Japan administered by YAMAHA MUSIC PUBLISHING, INC.

初出「群像」二〇一二年二月～四月号
装幀／Coa Graphics

阿部和重（あべ・かずしげ）

1968年山形県生まれ。『アメリカの夜』で第37回群像新人文学賞を受賞しデビュー。その後、『無情の世界』で第21回野間文芸新人賞、『シンセミア』で第15回伊藤整文学賞・第58回毎日出版文化賞をダブル受賞、『グランド・フィナーレ』で第132回芥川賞、『ピストルズ』で第46回谷崎潤一郎賞を受賞。その他の著書に『インディヴィジュアル・プロジェクション』『ニッポニアニッポン』『プラスティック・ソウル』『ミステリアスセッティング』『ABC 阿部和重初期作品集』、対談集として『阿部和重対談集』『和子の部屋　小説家のための人生相談』、初のノンフィクション『幼少の帝国—成熟を拒否する日本人』など多数。

クエーサーと13番目《ばんめ》の柱《はしら》

二〇一二年七月四日　第一刷発行

著者——阿《あ》部《べ》和重《かずしげ》

© Kazushige Abe 2012, Printed in Japan

発行者——鈴木　哲

発行所——株式会社講談社

東京都文京区音羽二—一二—二一

郵便番号一一二—八〇〇一

電話　出版部　〇三—五三九五—三五〇四

販売部　〇三—五三九五—三六二二

業務部　〇三—五三九五—三六一五

印刷所——凸版印刷株式会社

製本所——黒柳製本株式会社

本書のコピー、スキャン、デジタル化等の無断複製は著作権法上での例外を除き禁じられています。本書を代行業者等の第三者に依頼してスキャンやデジタル化することはたとえ個人や家庭内の利用でも著作権法違反です。

落丁本・乱丁本は購入書店名を明記のうえ、小社業務部宛にお送りください。送料小社負担にてお取り替えいたします。なお、この本についてのお問い合わせは文芸図書第一出版部宛にお願いいたします。

定価はカバーに表示してあります。

JASRAC 出1207681-201

ISBN978-4-06-217769-6

【阿部和重の本】

ピストルズ

「若木山《おさなぎ》の裏手には、魔術師の一家が暮らしている」。一族に千年以上も伝わる秘術の継承者・少女みずきは奇跡を起こせるか!? 〝神の町〟に住まう一族をめぐる壮大なるサーガ！　第46回谷崎潤一郎賞受賞作。

グランド・フィナーレ

すべてを失い故郷に還ったわたしは、「バスの走行音がジングルベルみたいに聞こえだした日曜日の夕方」二人の女児と出会った。神町――土地の因縁が紡ぐ物語。第１３２回芥川賞受賞作！【講談社文庫】

プラスティック・ソウル

アシダイチロウ、イダフミコ、ウエダミツオ、エツダシンの四人は、出版社から共同創作によってひとつの作品を生み出して欲しいとの依頼を受ける。世紀末東京を舞台に描かれた、阿部文学の真髄に迫る幻の小説！

ＡＢＣ　阿部和重初期作品集

周到に張りめぐらされた言葉が、不穏な予感を暴発させる――デビュー以来、日本文学の最先端を疾走し続ける阿部和重の危険な作品世界。『ＡＢＣ戦争』『無情の世界』を含む初期の傑作6作品。【講談社文庫】

ミステリアスセッティング

東京を救えるのは、あたししかいない。吟遊詩人を夢見ながら唄う能力を欠いた19歳の少女シオリ。心ない者たちにその純粋さを弄ばれても夢を抱き続ける彼女に、さらなる過酷な試練が待ち受ける。【講談社文庫】

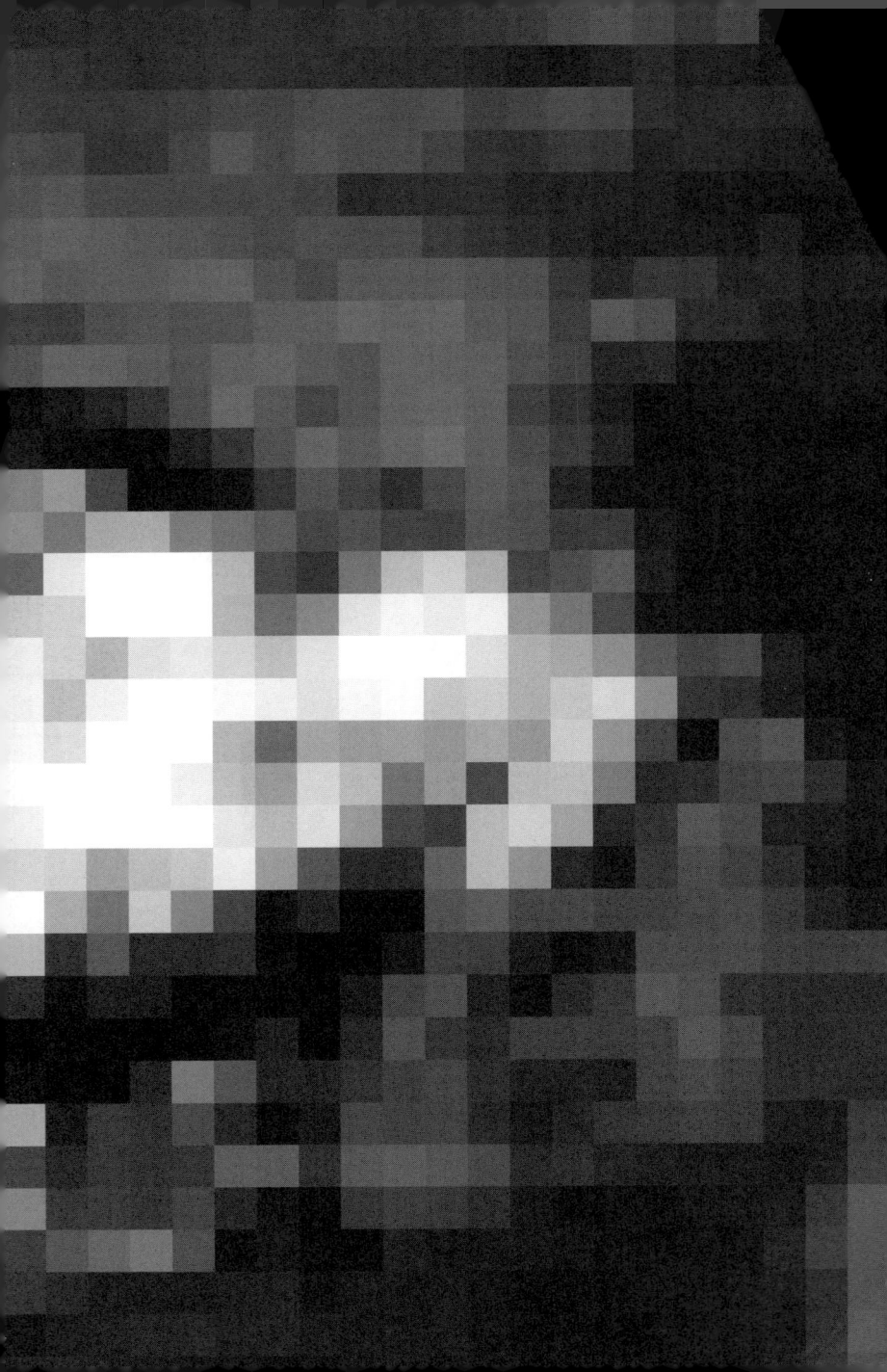